KB061590

"이 작은 이야기가
읽는 이의 마음속을 배회하다가
어딘가에 자리 잡기를."

나
윤
아

고난이 가득했던 청소년기를 지나고 스무 살의 겨울, 하나님을 만났다.
그 이후로 약 10년, 하나님의 손길 안에서 다듬어져 가면서 글을 쓰고 있다.
처음에는 그저 재미있는 글을 쓰고 싶었고, 시간이 가면서 사랑이 담긴 이야기를
만들고 싶다는 마음이 깊어졌다. 하나님을 알면 알수록 더욱 그렇다.
현재 초등학교 전문상담교사로 일하면서 글을 쓰고 있으며,
〈공사장의 피아니스트〉 〈안녕, 나나〉 〈미인의 법칙〉 〈홀릭〉
〈그럼에도 파드되〉 등을 썼다.

조각게임

1판 1쇄 발행 2023년 8월 16일

지은이 나윤아
펴낸이 이준희
펴낸곳 한낮의단비
출판등록 2022년 05월 25일 제2022-000012호
전화 010-6784-0816 | 이메일 danbi_sori@naver.com | 인스타그램 @wowdanbi

ⓒ 나윤아 2023

ISBN 979-11-983785-0-7 03230

조각게임

나윤아 ◻──◆──◻ 한낮의단비

프롤로그

사면초가, 진퇴양난, 고립무원, 일촉즉발. 이게 다 무슨 말인고 하니 나의 상황을 표현한 사자성어 되시겠다. 한마디로 벼랑 끝에 매달려 있는 상황이라는 거다. 대체 어쩌다 이렇게 되었을까. 아무리 생각해 봐도 시작은 별거 아니었다. 자존심 상하는 순간을 모면하고 싶어서 상대의 착각을 묵인하거나 아주 작게 고개를 까딱하는 정도. 그래, 고작해야 그 정도였다. 무해하고 인간적인… 귀엽게 봐줄 수도 있는 충동적인 행동에 불과했던 것이다. 그게 이렇게 눈덩이처럼 불어나리라고는 조금도 상상하지 못했다.

'미치겠네. 이걸 어떻게 해결하지?'

다시 인스타를 확인했다. 5분 전에 확인했던 피드는 착각도 꿈도 아니었다. 한정원의 피드에는 여전히 피노키오 사진이 올라와 있었고, 그 아래에 달린 해시태그도 그대로였다.

#피노키오#거짓말을하면#코가길어지지
#거짓말쟁이는사람이될수없어요

속이 울렁거려서 제대로 서 있을 수가 없었다. 상황이 이 지경이 되고 나니, 이 일의 시초를 떠올리지 않을 수 없다. 1학기 중간고사 때의 그 일 말이다.

#1

나의 세계에서 사람은 크게 두 부류다. 특별한 사람과 평범한 사람. 평범한 사람은 '상급, 중급, 하급'으로 세분화할 수 있다. 상급 평범함은 단번에 눈에 띄지는 않아도 가만히 보면 매력적인 구석이 있는 부류다. 중급 평범함은 딱히 끌리는 부분은 없지만 그렇다고 꺼려지는 부분이 있는 것도 아니다. 마지막 하급의 평범함은 '평범과 그 이하'의 경계를 아슬아슬하게 지키고 있는 타입이다.

그럼 특별한 애들은 뭐냐고? 그런 애들은 봤을 때 딱 느낌이 온다. 군계일학. 무리에서 빛이 나는 애들. 외모든, 재능이든 무엇으로든 특별함이 느껴지는 애들 말이다. 우리 반에서 찾자면 아이돌 연습생이자 청초한 미모의 소유자인 한정원이 그렇다.

그러면 나 서예나는 어느 부류일까. 냉정하고 객관적인 시선으로 판단해 보건대, 나는 중급 평범에 속한다. 열여섯 살 여학생을 생각하면 보편적으로 떠올릴 수 있는 스탠다드한 외모에 누군가가 "걔 어때?" 하고 물으면 "서예나? 음… 평범해. 착해." 정도의 대답을 들을 수 있는 사람. 그나마 좀 특징적인 거라면 공부를 잘한다는 것 정도다.

나는 중학교에 올라오고부터 반 1등을 놓친 적이 없었다. 전교에서도 늘 10등 안에 들었다. 문제는 오늘 시작한 중간고사다. 공부의 패턴은 이전과 같았는데도 이상하게 성적이 잘 안 나왔다. 특히 3교시에 친 수학이 많이 불안했다. 원래도 발목을 잡는 과목이었는데, 이번에는 풀면서도 자신이 없었다. 역시, 시험이 끝나고 대충 답을 맞춰 보는데 시시각각 충격이 찾아왔다.

"예나야, 너 수학 몇 점이야?"

시험지를 구겨 버릴까, 생각하는 중에 나만큼 평범한 차성지, 황세연, 박은영이 다가왔다.

"서예나야 뭐, 당연히 잘 봤겠지."

나 대신 대답한 건 차성지였다. 그렇게 말하는 성지의

손에는 보란 듯이 백 점이 적힌 시험지가 들려 있었다. 차성지는 나랑 비슷하다. 지극히 평범하지만 공부를 잘한다는 작은 특징이 있는 아이. 그 애의 시험지를 보니, 내 점수를 실토할 마음은 더욱 들지 않았다.

　나의 침묵을 긍정으로 해석했는지 세연이가 "오— 역시!" 하고 엄지를 세웠다. 나는 구태여 부정하지 않고 그냥 어깨를 한 번 으쓱— 하는 정도로 대답을 피했다.

　"야, 작년 기말 때 전교 5등 한 애한테 점수 물어봐서 뭐 하냐."

　"얘네 엄마가 학원에서 제일 잘나가는 쌤이잖아. 서예나가 못 봤을 리가 없지."

　친구들의 반응이 이러니 더더욱 솔직한 대답을 할 수가 없었다.

　"아니, 그래서 몇 점인데?"

　박은영이 다시 물었다. 아까처럼 대충 넘어가려는데 은영이는 호락호락하지 않았다.

　"어? 왜 대답을 안 하지? 설마 너 다 맞음?"

　"엥? 진짜? 와씨— 서예나 너 원래 수학은 좀 불안했잖아."

　차성지도 놀란 표정으로 다그치듯이 물었다. 곤란했

다. 오해가 시작되고 있었다. 나는 다 맞기는커녕, 자칫하면 60점대가 될 수도 있었던 72점이라는 점수를 받았다. 헷갈리던 문제들을 죄다 틀렸고 아주 간단한 마무리 계산 하나를 실수해서 6점짜리 문제를 날렸다. 왜 이렇게 시험을 망쳤는지 도무지 이해할 수 없었다. 공부는 평소처럼 했는데.

'최근에 스트레스를 좀 받았나?'

언제는 스트레스가 없었나. 삭막한 집 분위기, 공부에 대한 압박감, 늘 피곤하고 엄격한 엄마, 무료하고 평범한 일상… 늘 있는 스트레스였다. 특별히 더 보태진 것은 없었다.

"너희 둘 다 다 맞은 거야? 어휴, 진짜 대단하다."

옆에서 황세연이 나의 점수를 기정사실화 해버렸다. 어쩔 수 없이 고개를 까딱이고 말았다.

그러니까… 시작은 고작해야 이 정도였던 것이다. 누구나 할 수 있고, 누구도 피해 입지 않는 아주 사소한 거짓말. 다행히 나는 누구에게도 진짜 성적을 들키지 않았다. 그러나 담임선생님한테는 걱정스러운 말을 들을 수밖에 없었다. 요즘 무슨 일이 있는 건지, 컨디션이 안 좋았던 건지 묻는 담임에게 나는 어설프게 '스트레스와 압박감'을 들먹였다.

"그… 솔직히 최근에 좀 압박감이 컸거든요. 고등학교 진학 앞두고 엄마도 성적 간섭이 많아지고, 언니도 공부를 잘해서 그런지 자꾸 저한테 참견하고…."

정말 이런 것 때문에 시험 중에 무의식적으로 긴장했던 걸까? 실제로 엄마는 학원생들에게 시달리다가 온 고단한 얼굴 그대로 내 공부를 봐주면서 한숨을 푹푹 쉬었다.

"자, 봐봐. 너 이런 유형 자꾸 틀리잖아, 지금. 이해가 안 되면 외우기라도 하랬지?"

엄마라기보다는 흡사 엄격한 코치와 같은 얼굴이었고, 온갖 피곤과 의무감이 뒤섞인 건조한 눈빛이었다. 그 모든 게 껄끄러워서 더욱 문제집만 바라보았다. 시험 이틀 전의 일이었다.

내 다음 면담은 차성지였다. 교무실로 가라고 전해 주자 성지는 싱글싱글 웃는 낯으로 일어났다. 성적이 진짜로 잘 나온 자의 여유 있는 표정이었다.

"담임쌤이 뭐래?"

"그냥 성적 얘기하지 뭐."

"너야 뭐 당연히 칭찬 들었을 거고… 나한테는 뭐라고 하시려나~."

말에서 우쭐함이 묻어났다. '뭐라고'와 '하시려나'의 사이에는 '칭찬을'이라는 보이지 않는 단어가 존재했다. 성지는 룰루랄라 교실을 나갔다. 그 모습을 부러워하는 티가 날까 봐 나는 일부러 고개를 돌렸다.

#2

중간고사가 끝나고 일주일 정도 지났을 무렵이었다. 친구들이 성적을 오해하게 됐다는 찜찜함은 거의 사라지고 없었다. 황세연은 바로 그즈음에 흥미롭고도 충격적인 소식을 가져와서 나를 당황하게 만들었다.

"나 남친 생겼어."

그 말은 내 가슴을 불시에 후려쳤다. 그 소식이 그렇게나 충격을 주었던 것은 그 주인공이 바로 황세연이기 때문이다. 물론 세연이는 좋은 친구다. 착하고, 순박하고, 다른 사람의 말을 잘 들어 준다. 성지와 은영이도 각자의 장점이 있지만 나는 세연이를 가장 좋아했다. 그러나⋯ 세연이는… 이렇게 말하려니 좀 미안하지만, 우리 중에서도 가장 평범했고 굳이 따지자면 '하급 평범'이라고도 할 수 있었다. 외모도 객관적으로 그다지 매력적이지 않았다. 마른 몸에 살짝 각진 턱, 피부는 깨끗하지만 주근깨가 있었고, 쌍꺼풀 없는 눈이 큰 편이긴 했지만 전체적인 이목구비는 흐릿한 쪽이었다.

"와 미친, 황세연 너 배신이야. 언제 그렇게 혼자 연애를 시작한 거야?"

박은영이 옆에서 세연이의 어깨를 붙잡고 마구 흔들었다. 세연이는 갑자기 우리 무리의 중심으로 급부상했다. 얘기를 들어 보니, 세연이의 남자친구는 우리 학교 애였고, 같은 학원에 다니면서 친해진 거였다. 사진을 보여 줬는데 외모는 평범했지만 키는 제법 컸다. 예고에 없던 비가 내리던 날 밤, 학원에 우산을 두고 다녔던 세연이가 집 근처까지 우산을 씌워 준 것을 계기로 친해졌고, 그러다가 누가 먼저랄 것도 없이 서로 호감을 느끼기 시작했다는 스토리였다. 이야기는 사실 좀 진부했고, 나는 들으면서도 집중을 하지 못했다. 세연이의 얼굴에서 매력적인 부분이 무엇인지 뜯어보기에 바빴다.

"야, 예나 충격받았나 봐."

갑자기 성지가 나를 지목했다. 은영이와 세연이도 나를 쳐다봤다.

"너 모쏠이지? 그래서 충격받았지?"

성지가 놀리듯이 말했다. 차성지의 말이 맞았다. 나는 남자친구를 사귀어 본 적이 없었고, 누군가한테 고백을 받아 보지도 못했다. 물론 어느 남자애가 날 좋아한다는 심증까지 없던 건 아니었으나 떠벌릴 만한 거리는 되지 못했다. 사실이었지만 성지의 말은 어쩐지 고깝게 들렸다.

"성지 너는? 너도 남친 있었던 적 없지 않아?"

약이 오른 속내를 최대한 감추고 물었다. 성지는 의외로 자신만만하게 어깨를 으쓱했다.

"나 1학년 때 김건우랑 네 달인가 만났어."

"아, 맞다. 건우가 얘 좋아했었어."

옆에서 은영이가 맞장구를 쳤다. 김건우라면 1반에 있는 수재다. 우리 학교 전교 1등인데, 이 둘이 사귀었다는 얘기는 또 처음 들었다. 세상에, 성지도 연애를 해봤다니. 자존심이 상했다. 갑자기 친구들 중에서 내가 가장 못난 사람처럼 느껴졌다.

"내 말 맞지? 예나 너 누구 사귀어 본 적 없지?"

차성지가 다시 한번 기름을 부었다. 실실 웃으면서 말

하는 게 여간 보기 싫은 게 아니었다.

"에이, 그냥 부끄러워서 말 안 하는 거 아니야?"

은영이가 옆에서 거드는 말도 고까웠다. 얼마나 고까웠던지 나도 모르게 고개가 까딱 끄덕여졌다. 그건 정말 무심코 나온 행동이었다. 그 작은 고갯짓 한 번에 애들은 작게 꺄악— 하고 소리를 질렀다.

"진짜로?! 아니 언제 만난 건데? 누구랑 만났는데?"

"혹시 우리도 아는 애야? 몇 살?"

책상 밑으로 내린 손이 저절로 꼼지락거렸다. 바싹 깎은 손톱 끝을 차례차례 매만지는데 그제야 비로소 아차 싶었다. 이제라도 실수로 끄덕인 거라고 말할까, 아니면 대충 둘러댈까? 아이들은 기대에 찬 눈빛으로 나를 바라보고 있었다.

"그냥… 잠깐. 아주 잠깐."

그러니까 이게 두 번째 거짓말이었다. 이건 성적을 오해하게 내버려 둔 것보다는 좀 더 스케일이 컸고, 말을 해버린 이상 주워 담을 수 없었다.

"아, 예나야— 너 혹시 걔야?"

세연이었다.

"누구?"

"윤태이. 걔 너네 엄마가 있는 학원 다녀서 너한테 뭐 이것저것 물어보고 하지 않았어?"

윤태이. 그래, 그 애가 적당했다. 윤태이는 비교적 과묵하고, 몇몇 남자애들이랑만 어울렸던 터라 인간관계의 폭도 좁았고, 무엇보다 2학년 말에 수원으로 전학을 갔다. 살짝 거짓말을 한다고 해서 애들이 알아차릴 만한 연결고리는 없었다. 게다가 남자친구였다고 말하기에 부끄러울 만한 애도 아니었다. 눈에 띄게 잘생긴 건 아니었으나 조용한 성격과 비교적 큰 덩치가 어우러져서 매력적인 구석이 있었다.

"몰라~ 마음대로 생각해."

일부러 정확한 답을 주지 않자, 세연이는 더 확신을 가지고 상상의 나래를 펼쳤다.

"와… 어쩐지… 걔가 너한테는 좀 살갑게 구는 것 같아서 혹시 썸인가 했거든. 그리고 전에 너가 폰으로 뭐 보여줄 때, 윤태이한테 디엠 오는 거 본 적도 있어!"

짚이는 게 있었다. 윤태이는 엄마의 수업을 좋아했다. 엄마도 태이를 꽤 예뻐했던 것 같다. 태이는 스승의 날에 엄마한테 작은 선물을 하고 싶어 했다. 내게 어떤 선물이 좋을지 물었고, 나는 나름대로 성의껏 답을 해주었다. 선물과 관련해서 메시지도 잠깐 주고받았는데, 그걸 세연이가 본 모양이었다. 아귀가 딱딱 들어맞았다.

"와— 서예나 대박! 너 그런 걸 왜 말도 안 하고, 티도 안 냈어?"

"그러니까. 나는 예나 완전 모쏠인 줄 알았다고. 어떻게 그렇게 감쪽같이 숨겼어?"

은영이와 성지는 쉽사리 진정하지 못했다. 둘 다 볼까지 발그레하게 달아올랐다.

"지금도 사귀는 건 아니고?"

성지가 물었다.

"에이, 걔는 2학년 2학기 때 전학 갔잖아."

세연이가 나 대신 대답했다. 나는 고개를 끄덕이면서 한마디 중얼거렸다.

"아무래도 롱디*는 힘드니까."

그러니까 나는 계속 의견을 말할 뿐, 딱히 긍정도 부정도 하고 있지 않았다.

'이건 속이려고 작정한 그런 거짓말은 아니야.'

애써 그렇게 생각하려고 노력했다. 그래야 찜찜함을

---

* long distance : 장거리 연애

덜 수 있었다. 애들이 다른 질문을 더 던졌으나 내가 계속 조심스럽게 반응하자 화제는 자연스럽게 세연이의 연애로 돌아갔다. 다만 분위기는 처음만큼 열정적이지 않았다.

'내 얘기가 더 재밌어서 그런가?'

괜히 가슴이 빠듯하게 차올랐다. 잠깐이나마 무리에서 주목을 받은 기분이 꽤 좋았다. 어릴 적, 아빠의 사업이 망하기 전까지는 익숙했던 기분이다.

— 예나네 아빠 사장님이래!

— 예나야 너 머리끈 진짜 귀엽다~ 어디서 샀어?

— 예나야~ 다음 주에 내 생일인데 꼭 와! 너가 와야 재밌단 말이야.

길지 않았던 특별했던 시간들이 머리를 스쳤다. 지금과는 많이 달랐던 위치가 언제나 그리웠다.

'언제까지나 주목받는 사람일 줄 알았는데.'

무심코 같은 반의 한정원 쪽을 쳐다봤다. 웃을 때마다 흔들리는 긴 생머리와 가느다란 몸, 시원스러운 웃음소리, 똑같은 교복을 입었음에도 스타일리시한 옷태까지. 그 애의 모든 것이 특별해 보였다.

"야— 한정원 표정 완전 웃겨!!! 혼자 드라마 찍냐."

"미친, 야 얼굴 그렇게 쓸 거면 나 줘~!"

그 무리 애들 사이에서 웃음이 터졌다. 한정원이 드라마의 한 장면을 익살맞게 흉내 냈기 때문이다. 한정원은 간혹 이렇게 익살을 떨기도 해서 더욱 인기가 많았다. 정말로 부족함이라곤 없어 보이는 애였다.

"예나야, 어디 안 좋아?"

세연이가 걱정스러운 투로 물었다. 그제야 내가 정색을 하고 있다는 걸 알았다.

"아니, 순간 살짝 피곤했어."

억지로 샐쭉 웃었지만 책상 밑으로 말아 쥔 손에는 힘이 들어갔다. 손톱이 손바닥을 긁어 대는 통증에 깜짝 놀랐다. 이 마음은 대체 뭐란 말인가. 역시 요즘 스트레스가 좀 많은 모양이다. 나는 달갑지 않은 마음의 원인을 스트레스로 돌리면서 손에 쥔 힘을 풀었다.

#3

한정원에 비할 만큼은 아니지만 내게도 한정원과 비슷한 시절이 있었다. 아빠의 사업이 망하기 전인 초등학교 6학년 때까지였다. 단언컨대, 내 인생의 황금기라고 말할 수 있는 날들이었다.

아빠는 원래 차茶 사업을 했다. 엄마가 나를 임신했을 때쯤 시작한 차 사업은 내가 태어나고 초등학교에 입학할 때까지도 쭉 유지되었다. 우리는 학군이 좋은 서울의 한 지역에서 나름대로 괜찮은 아파트에 살았다. 꽤 유복한 편이었다.

동네 애들은 발레나 바이올린, 플루트 같은 것들을 배

웠으며, 초등학생이라기엔 제법 성숙하고, 예의 있고, 밝고, 태도에서 여유가 흘렀다. 그중에서도 나는 유난히 더 자신감이 넘치고 활발한 애였다. 반장도 하고, 동아리 활동도 하고, 친구들을 끌고 다녔다. 친구들은 늘 나를 끼워서 놀고 싶어 했다. 이 모든 것들이 조금씩 변하기 시작한 것은 막 열한 살이 될 즈음이었다.

이 무렵 아빠는 서울의 목 좋은 자리에 60평짜리 티^{tea} 카페를 차렸다. 애석하게도 그 카페는 1년 만에 망했다. 근처의 힙한 에스프레소바와 와인바를 이겨 낼 재간이 없었다.

카페만 망했으면 그래도 좀 괜찮았을 텐데, 얼마 지나지 않아서 그러니까 내가 5학년 1학기를 보내고 있을 때 티백에서 미세 플라스틱이 나온다는 보도가 뉴스를 강타했다. 일부 티백에서는 중금속이 검출되었다는 소식과 함께. 인체에 무해하거나 아직 연구가 필요하다고 결론이 났음에도 불구하고 사람들은 불안에 떨었다. 당시 뉴스에서 보도자료로 사용한 영상에는 아빠의 제품도 나왔다. 상품명은 물론, 상품 자체에도 블러 처리가 되어 있었지만 우리 제품을 사용한 사람들이라면 다 알아챌 수 있었다.

고객들은 분개했고, 주문을 취소하고, 환불을 요청하

고, 원인이 불분명한 피해보상을 요청했다. 아빠의 사업이 완전히 망하기까지는 1년이 채 걸리지 않았다. 그 기간 동안 우리 가족은 지옥을 걸었다. 가압류 통지서가 날아오고, 독촉 전화가 끊이지 않았다. 집안 분위기는 사람이라도 죽은 것처럼 우울했다.

그 무렵의 나는 집에 들어가는 시간을 최대한 늦추곤 했다. 학원 수업이 다 끝나고도 남아서 친구들과 놀다가 들어가거나 괜히 애들을 끌어모아 여기저기 쏘다니다가 들어가기 일쑤였다. 그러나 얼마 지나지 않아서 그마저도 할 수 없는 지경에 이르고 말았다.

− 이제부터는 학원 도움 없이 스스로 공부하는 습관을 들여 보자. 엄마가 도와줄게.

엄마는 웃는 낯으로 제안했다. 표정이 영 어색했다. 나는 당연히 싫다고 했다. 내년이면 중학생이 된다는 압박감도 있었지만 무엇보다 4학년 때부터 학원을 함께 다닌 친구들 때문이었다. 어쩌면 학원을 끊는 순간, 친구들과 거리감이 생길 것을 예감했는지도 모른다. 엄마는 '싫다'의 이유조차 묻지 않았다. 그러니까 그건 의견을 묻는 게 아니라 그저 '상냥한 통보'였던 것이다.

학원을 끊고 처음 며칠 동안 애들은 나를 더 잘 챙겼다. 학원을 왜 끊었냐는 곤란한 질문에는 엄마의 말을 그대로 빌려서 '자습하는 습관'을 들일 거라고 했다.

균열이 느껴지기 시작한 것은 학원을 끊고 한 달 즈음 지나서였다. 학교에 좀 늦게 간 날, 먼저 등교한 친구들이 모여서 이야기를 나누고 있었다. 학원에서 있었던 일을 얘기하는 것 같았다.

— 얘들아, 안녕. 무슨 얘기 하고 있었어?
— 어, 예나 왔구나! 아니, 어제 학원에서~

애들은 친절하게 전날 학원에서 있었던 일을 설명해 줬다. 그러나 나만 빠진 순간의 이야기를 전해 듣는 건 별로 재미가 없었다. 어색하게 웃으면서 "아— 그랬구나" 하고 맞장구를 치는 것 이상의 반응을 할 수 없었다. 같은 말을 또 하게 된 아이들도 흥미가 다소 떨어진 표정이었다.

문제는 그 이후로도 학원에서 있었던 자기들끼리만의 이야기가 나오는 일이 잦았다는 것이다. 그때마다 나는 어색한 미소를 머금은 병풍이 되었다. 처음엔 미안해하던 애들도 점차 '어쩔 수 없는 일'로 여기는 듯했다. 그다음 문제는 '약속'이었다.

   ─ 예나야, 우리 이번 주 토요일 1시에 해연이 집에서 놀기로 했는데, 너도 올 수 있어?

   내게도 물어봤는데 뭐 어떠냐고 할 수도 있지만 이건 그렇게 간단히 볼 문제가 아니었다. 자기들끼리 먼저 시간과 약속을 다 정하고 나한테 통보한 거니까.

   ─ 야, 너네 좀 너무하다. 학원 같이 안 다닌다고 나만 너무 소외시키는 것 같아.

   애들은 당황해했다. 뻔뻔한 게 아니라 당황해했으므로 무의식중에 생긴 거리감일 거라고 생각했다. 그러나 내가 그 말을 하고부터 거리감은 의식적인 것이 되었다. 애들은 내 눈치를 살피다가 불편해했고, 내가 끼었을 때는 뭔가 자연스럽지 않은 분위기가 흘렀다. 하필이면 또 그즈음에 몇몇 애들 사이에서 우리 아빠 사업이 망했다는 말이 돌기 시작했다. 누구도 대놓고 "너네 집 망했어?" 하고 묻지는 않았으나 뒤에서 하는 수군거림은 어떻게든 내 귀로 들어왔다.

그 지경이 되자 나는 더 이상 무리의 중심일 수 없었다. 아니, 중심은커녕 같은 무리일 수조차 없었다. 아이들의 눈에 서린 동정과 표정에서 느껴지는 불편감과 그때껏 은근하게 쌓인 거리감 같은 것들이 한꺼번에 닥쳐오면서 추락의 직감을 깨우치고야 말았다.

슬프게도 그건 삶의 모든 영역에서 느껴졌다. 언니와 내가 학원을 끊게 된 것, 차를 한 대 팔아 버린 것, 무항생제니 유기농이니 하는 라벨이 붙은 값비싼 식재료에서 세일 코너에 있는 재료로 바뀐 것, 엄마가 계속 부동산 정보를 알아보고, 학원 강사 일자리를 알아보게 된 것, 아빠가 지방에 있는 일자리를 권유받고 고민하는 것, 언니와 나의 용돈이 반의반으로 줄어든 것 등등. 추락은 급격하고 빠르게 우리의 삶을 덮쳤다.

생활뿐만 아니라 우리의 성격도 조금씩 뒤틀리고 위축되고 어두워지는 것을 느꼈다. 내게 있던 특별한 뭔가가 손 사이사이로 스르륵 빠져나가는 것 같았다. 그건 단순한 느낌이 아니었다. 정말로 난 조금쯤 특별했던 사람에서 평범한 사람이 되었고 지금은 내세울 것이라고는 공부뿐인,

평범 중에서도 평범한 사람이 되었다. 인정하기 싫지만 그게 바로 지금의 서예나였다. 참 애석한 일이었다.

#4

한정원과 같은 반이 된 뒤로, 나는 가끔 그 애를 은근 슬쩍 쳐다보곤 했다. 의식적일 때도 있었으나 대부분은 무 의식중에 눈이 가는 거라서 혼자 조용히 민망해지곤 했다. 그만큼 그 애는 시선을 사로잡았다.

"아— 완전 짜증 나, 진짜."

오늘은 짜증이 가득한 목소리로 납시어서 주의를 끌었 다. 한정원이 요란하게 들어오자, 그 애 친구들이 바로 일 어나서 무슨 일이냐며 모여들었다.

"별것도 아닌 거 가지고 신경질은. 아이돌 할 거면 성 질부터 좀 죽여라."

뒤이어 들어오면서 말한 사람은 한정원의 절친한 친구, 진기준이었다. 진기준은 남자애인데도 명실상부 한정원의 베스트 프렌드였다. 초등학교 1학년 때부터 친구였다는 소문을 들은 적이 있다.

진기준은 장난기 많은 성격과 여기저기 잘 웃는 밝은 낯빛 때문에 미움 사는 일이 잘 없었다. 거기다가 멘트나 행동이 가끔 획기적으로 웃겨서 가만히 보고 있으면 재밌었다. 한정원과 제일 친하면서 '한정원 무리'랑 몰려다니지 않는다는 점도 특이했다.

"너가 구해다 줄 거 아니면 닥쳐, 진기준."

투덕거리던 한정원이 갑자기 진기준의 팔을 툭 쳤고, 진기준은 과장되게 팔을 덜렁거렸다.

"야… 너 힘 장난 아니야. 아무래도 나 팔 빠진 것 같아. 너무 아파."

"아 그래? 균형이 맞게 다른 한쪽도 때려 줘?"

"정원아, 다른 게 학교폭력이 아니다. 이런 게 학교폭력이지. 신고할 거임."

"오 좋지. 오늘 학폭위 한번 열어 보든지."

아침부터 이 둘의 티키타카가 볼 만했다. 애들도 실실 웃으면서 둘을 쳐다봤다.

"근데 대체 무슨 일인데 아침부터 짜증이냐?"

한정원 무리 중 하나가 한정원의 어깨에 팔을 두르면서 물었다. 한정원은 입술을 삐죽거리면서 투덜거렸다.

"소드 오빠들이 컬래버한 운동화 말이야, 나 그거 진짜 엄청 갖고 싶었는데 순식간에 다 팔렸어. 당근마켓이랑 트위터 미친 듯이 뒤졌는데 플미* 엄청 붙여서 팔더라. 아오 짜증 나!!"

한정원은 SOD, 그러니까 요즘 제일 잘나가는 4인조 남자 아이돌 그룹의 팬이었다. 한정원을 아는 애들이라면 다 알고 있는 사실이다. 얼마 전에 그 그룹이 스포츠 브랜드와 협업해서 직접 디자인한 운동화를 출시했는데 그 운동화를 사고 싶었던 모양이다.

'별로 안 예쁘던데….'

한정원이 이야기하는 소드 운동화라면 나도 잘 알고 있다. 우리 언니가 그 그룹의 팬이었다. 언니는 아빠 사업이 망하면서 받은 스트레스를 연예인 덕질로 푸는 것 같았다. 언제부턴가 시작된 소드 덕질은 고3이 되었음에도 여전했다. 아니, 어째 나날이 심해지는 듯했다. 언니는 이번

---

* '프리미엄'의 줄임말. 물건이나 티켓 등을 정상가에 구입하여 더 비싸게 되파는 것을 지칭하는 용어로 사용됨.

에 컬래버 운동화 소식이 나왔을 때 친구까지 동원해 가면서 그 운동화 구매에 성공했을 정도로 열정적이었다. (쥐꼬리만 한 용돈을 모으고 모아서 그런 데에다 투척하다니 나로서는 이해가 가지 않았다.) 언니는 신줏단지 모시듯이 조심스럽게 택배를 뜯고서는 신어 보지도 않고, 포장 그대로 선반에 운동화를 올려 두었다.

"그렇게 갖고 싶으면 플미 붙은 거라도 구해 봐."

애들 중 하나가 말하자, 한정원은 고개를 가로저었다.

"팬도 아닌 것들이 사 가지고 팬들 등골 빼먹고 우리 오빠들 이용하는 건데 그걸 이득 보게 할 수는 없다고~~. 아, 진짜 누가 정가로 판다고 하면 바로 산다. 그거 정직하게 파는 사람 있으면 진짜 오늘부터 내 절친임."

한정원은 울 듯이 말했고, 진기준은 혀를 차면서 다시 핀잔을 주었다.

"너 절친인 게 뭐 그렇게 대단하다고~."

나는 조용히 침을 삼켰다. 갈증이 났다. 한정원이 그토록 갖고 싶어 하는 그 운동화가 우리 집에 있다. 그 생각이 머릿속에서 뱅뱅 돌았다. 모두가 사랑하는 한정원이 바라는 그 운동화가 우리 집에 있다. 그 운동화가 우리 집에. 한정원이 갖고 싶어 하는 바로 그…

"나 그 운동화 있는데."

목소리가 그리 크지 않았는데도 내 말이 주변의 말들을 빨아들이기라도 한 것처럼 주변이 조용해졌다. 고요한 중에 듣는 내 목소리가 낯설었다. 내가 아니라 다른 사람이 한 말 같았다. 미쳤어 서예나. 미쳤어 진짜. 입을 꽉 다물었다. 제발 아무도 못 들었기를.

"뭐? 야, 서예나. 너 그 운동화 있어?"

역시 그럴 리가 없지. 한정원은 내 쪽을 향해서 조금 날카로운 목소리로 물었다. 심장이 쿵쾅거렸다. 나는 책상 밑으로 손가락을 매만지면서 최대한 태연하게 그쪽을 쳐다봤다.

"어… 어. 나도 얼마 전부터 소드 좋아하거든."

당연히 뻥이었다.

"와씨, 너도 소드 팬이야? 최애*가 누구야?"

한정원이 내 옆으로 와서 앉았다. 거리가 가까워서 그 애의 긴 생머리가 내 팔에 닿았다. 한정원을 이렇게 가까이에서 본 건 처음이었다. 그 애의 깨끗한 피부와 긴 속눈썹이 세밀하게 보일 정도였다. 무슨 향수를 쓰는지 시원한

---

* 가장 좋아하는 멤버

나무 냄새가 스쳤다. 나는 서둘러 머리를 굴려서 언니의 최애가 누구였는지를 떠올렸다.

"박지한. 춤선도 너무 예쁘고, 귀엽잖아."

"와 미친, 야 내 최애도 박지한이야!!!"

한정원은 잔뜩 흥분해서는 내 어깨를 꽉 붙잡았다. 심장이 펄쩍펄쩍 뛰었다. 대화는 자연스럽게 이어졌다. 언니의 덕질 덕분에 소드에 대해 아는 게 많아서 다행이었다.

담임이 들어올 시간이 가까워질 무렵, 드디어 한정원은 애원하는 표정으로 혹시 운동화 팔 생각이 없느냐고 물었다. 간절하게 부탁하는 눈빛이었다. 근처에 있던 진기준이 혀를 쯧− 찼다.

"정원아, 삥 뜯는 것도 학교폭력이야. 신고할 거임."

그러거나 말거나 한정원은 여전히 애원하는 표정으로 나를 쳐다보았다.

"아니, 팬이니까 팔 마음 없는 거 너무 잘 아는데, 그냥 진짜 생각만이라도 해보면 안 될까?"

반에서 제일 예쁘고 인기 많은 애가 친근하게 매달리는 기분은 묘했다. 약간 곤란하고, 살짝 뿌듯했다. 이왕이면 한정원의 기대감을 충족시켜 주고 싶었다. 물론, 내 이성은 이 정도로 말을 나눠 본 것에 만족해야 한다고 신호를 보냈지만 강렬한 욕구가 이성을 깔아뭉겠다.

"아, 사실 최애 컬래버 제품이 아니라서 그냥 팔까 생각도 하고 있어."

일을 거하게 쳤다는 자각은 있었다. 그러나 그건 꼭 꿈결같이 멀게 느껴지는 느낌이었다. 그런 흐릿한 느낌보다는 코앞에 있는 한정원이 더욱 실제적이었다.

"어? 진짜?!! 누구 콜라본데?"

"김대현."

한정원이 꺅 소리를 질렀다. 본인의 차애*가 김대현이라면서 정말 팔 거면 자기한테 팔라고 또 한 번 애원하듯이 말했다. 사이즈가 안 맞으면 자기 발을 구겨서라도 신고 다니겠다면서, 그게 아니면 모셔 놓고 살겠다면서 매달렸다. 그 애의 호들갑은 사람 마음을 들뜨게 했다.

"그럴까…?"

"와씨, 미쳤다 진짜. 서예나 좋아해!! 사랑해!!"

한정원은 나를 와락 끌어안았다. 거의 뽀뽀까지 할 기세였다. 그걸 보던 진기준이 "으ー" 하고 고개를 저으면서 다가왔다.

* 두 번째로 좋아하는 멤버

"야, 너 팔기 싫으면 팔지 마. 한정원이 좀 막무가내에 괴팍하기는 해도, 싫다는 거 억지로 강요하고 그러는 애는 아니야."

내가 웃으면서 괜찮다고, 사실 사고 나서 좀 후회했다고 둘러대자 진기준은 어깨를 으쓱했다.

"그렇다면 다행이고. 근데, 혹시 모르니까 기억해라−. 학교폭력 신고는 117이다."

그 말을 들은 한정원이 저쪽에서부터 "야!!!" 하고 빽 소리를 질렀다. 재밌었다. 꼭 이 애들과 친한 사이가 된 것 같았다.

이후의 과정은 험난했다. 일단 언니에게 거짓말을 해야 했다. 다행히 시나리오는 쉽게 나왔다. '일진 신발에 음식을 엎은 서예나'가 이 시나리오의 제목이었다. 우리 반에 소드 팬인 일진이 있는데, 그 애가 어렵게 어렵게 구입한 컬래버 운동화에 급식 남긴 걸 쏟았다는 게 줄거리였다. 언니는 한 시간 가까이 욕을 퍼부었다. 등짝도 맞았다. 그러나 결국은 이를 바득바득 갈면서 다음 날 아침에 운동화를 던져 주었다. 언니가 구한 운동화가 최애 박지한 게 아닌 차차애 김대현 거라서 그나마 가능했을 것이다. 물론 운동화 값은 두 배를 지불하기로 약속했다.

나의 이런 각고의 노력으로 운동화를 구입하게 된 한정원은 이후로 내게 매우 친근하게 굴었고, 종종 먼저 와서 말을 걸거나 장난을 쳤다. 우리 반에서… 아니, 학교에서 제일 인기 많은 애가 그렇게 살갑게 대하자 왠지 주변에서도 나를 좀 달리 보는 것 같았다. 심지어 세연이는 이렇게 말하기도 했다.

　　"예나 요즘 완전 인싸됐다, 인싸!"

　　꽤 듣기 좋은 말이었다.

#5

모든 게 좋았다. 거짓말의 부작용은 아무것도 없었다. 이만하면 소소한 거짓말 정도는 적당히 하면서 사는 게 좋을지도 모른다는 생각까지 들었다.

'그래도 앞으로는 굳이 과장해서 말하지 말아야지.'

이렇게 결심한 게 약 30분 전이었다. 마음이 달라진 건, 핸드폰 충전기를 빌리러 언니 방에 들어갔을 때였다. 정확하게는 언니 책상 위의 귀여운 키링을 발견한 순간이었다.

'어? 소드 박지한 키링이네. 한정원이 좋아하겠는데?'

어차피 언니는 비슷한 걸 여러 개 갖고 있으니 하나쯤

없어도 괜찮지 않을까. 한번 그렇게 생각하니까 자꾸 눈이 그쪽으로 갔다.

"어?"

그 와중에 문득 새롭게 눈에 걸리는 게 있었다. 키링 뒤쪽에 있는 사진 액자였다.

'뭐야… 저걸 여기다 뒀네.'

아빠의 사업이 망하기 직전, 앞으로의 일은 꿈에도 모른 채 교회 앞마당에서 해맑게 웃고 있는 모습의 가족사진. 원래는 거실에 두었는데 함께 찍힌 십자가 모형이 영 거슬려서 짐 더미에 파묻기로 했었다. 언니가 이걸 자기 방으로 슬그머니 갖고 왔을 줄은 몰랐다.

'이걸 뭐 하러 가지고 들어왔대?'

손으로 괜히 사진을 툭 쳤다. 아크릴로 된 액자는 묵직하게 뒤로 쓰러졌다.

아빠의 사업이 망한 이후로 크게 변한 또 한 가지는 바로 이것이었다. 교회. 가장 먼저 돌아선 사람은 엄마였다. 그 시작은 미묘하고 점진적이었으나 완전히 걸음이 끊어지는 데까지는 그리 오래 걸리지 않았다. 어느 날엔가 엄마는 아빠에게 이렇게 말했다.

– 있잖아, 여보. 어릴 때 우리 집 망했던 거 내가 얘기
했었지? 우리 아버지 실직하고, 퇴직금으로 가게 차렸는
데 두 번이나 말아먹었다는 얘기 말이야. 나는 그때 한 고
생을 생각하면 아직도 치가 떨려. 제일 싫은 건 사람이었
어. 사람들이 날 동정하기 시작하는 거. 그게 얼마나 자존
심 상하는 일인지, 당신 알아?

엄마와 아빠는 소파에 늘어져 있던 내가 완전히 잠든
줄 알았을 것이다. 그래서 아빠는 엄마의 말을 말리지 않
았을 것이고, 엄마는 속 얘기를 하는 데 거리낌이 없었을
것이다.

– 태연한 척을 해도 사람들은 불행을 읽어 내고 위로
를 빙자해 마음을 긁어 대. 그런 대우를 받고 있으면… 아,
진짜 망했구나 싶어서 두렵고 무서워. 그래서… 난 지금도
자존심이 상하고, 두렵고, 무서워.

사업이 망하고도 엄마가 가장 태연하게 군 곳은 8년을
다닌 동네 교회였다. 그러나 그 '아무렇지 않은 척'은 오래
가지 못했다. 기도와 나눔이라는 이름 아래 우리 집 이야기

가 삽시간에 퍼졌고, 함부로 또 섣불리 알은체하며 건네는 몇몇 사람의 얕은 위로는 엄마의 아픈 상처를 들쑤셨다. 처음 교회를 빠질 때, 엄마는 몸이 아파서 못 가겠다고 했다. 그다음에는 미처 못 끝낸 일이 있어서, 그다음에는 친정 엄마가 올라와서 등의 이유가 쌓였다. 주일이 되면 엄마는 피로한 얼굴로 손을 내저으며 불참의 의지를 밝혔다.

아빠는 이 고난은 우리를 더욱 하나님의 자녀답게 만들어 가시려는 하나님의 손길이라고, 다윗도 10년을 쫓겨 다니는 고난을 통해서 하나님만 의지하는 것을 배웠고, 욥도 삶의 모든 것을 잃어버리는 연단을 받지 않았냐고 엄마를 설득했다. 가만히 말을 듣고 있던 엄마가 픽 웃었다.

— 당신은 좋겠다, 그렇게 받아들일 수 있어서. 나는 하나님이 어떻게 우리한테 이럴 수 있는지 도저히 이해가 안 돼. 어제는 하나님이 정말 계신 걸까 하는 마음이 들더라.

아빠는 아무런 대꾸도 하지 않았다. 아빠에게는 분명 대꾸할 말이 있었을 것이다. 아빠는 똑똑했고, 하나님에 대한 이야기가 끊이지 않는 사람이었으니까. 다만, 아빠는 어쭙잖은 위로나 훈계는 도리어 엄마의 마음을 긁고 말리라는 사실을 직감했을 것이다. 아빠는 그냥 엄마의 어깨를 가볍게 도닥이고는 돌아섰다.

　– 예나야 가자. 예은이도 얼른 나오고.

　언니는 방에서 나오지 않았다. 사실 나도 별로 따라가고 싶지 않았지만 그랬다간 아빠가 너무 외롭고 슬플 것 같아서 그냥 따라나섰다. 집을 나서면서 아빠는 나직하게 말했다.

　– 예나야, 많이 힘들지? 사실 아빠도 그래. 너랑 언니 볼 때마다 미안하고 안쓰럽고. 그런데 있잖아, 아빠는 하나님이 우리를 좋게 인도하실 거란 걸 믿어. 하나님은 당신의 자녀가 잘못되길 바라시지 않아. 우리가 더욱 행복하고 온전해지도록 가르치고 인내하실 뿐이지.

　아빠는 바로 정금의 비유를 들었다. 뜨거운 불 속에서 오래 정련될수록 더욱 순도 높은 금이 된다는 이야기.

　– 아빠는 하나님이 지금 우리 가족을 정금으로 만드는

과정에 두신 거라고 믿는다. 하나님이 없다면 이 시련은 정말 의미 없는 고통 그 자체이지만 우릴 더욱 선한 길로 인도하실 하나님을 생각하면 이 고통의 끝에는 분명 빛이 있는 거야.

어려운 말이었다. 엄마의 말들이 슬퍼서 기억에 남았다면 아빠의 말은 너무 어려워서 기억에 남았다. 그때 나는 고개를 끄덕였지만 오로지 아빠의 마음을 위한 액션이었다. 아빠와 나는 그 뒤로부터 두어 달을 더 교회에 나갔다. 그러나 아빠가 부산에 있는 일자리를 받아들여 내려가면서부터 나도 교회에 발길을 끊게 되었다. 6학년 겨울방학 때 결국은 집을 팔고 집값이 싼 동네의 빌라로 이사 오면서 교회와도, 서예나의 반짝이던 시절과도 완전히 인연이 끊어졌다.

'아, 짜증 나.'

떠올려 봐야 좋을 게 없을 기억이었다. 언니는 이걸 왜 여기에다 뒀는지 모르겠다. 나는 사진을 다시 세워 놓고, 키링을 잽싸게 챙겨 방을 나왔다. 그러나 꿉꿉한 기억은 방을 나온 후에도 한동안 이어졌다.

◆

"정원아, 너 이거 가질래?"

"와!! 미친… 이거 프리미엄 앨범 한정판에 붙어 나왔던 거잖아!!"

키링을 보여 주자 한정원은 자리에서 벌떡 일어나면서 환호했다. 그리고 매점에 가려던 참이었는데 같이 가겠느냐고 물었다. 한정원의 친구들이 나를 힐끔 쳐다봤다. 딱히 싫어하는 기색은 아니었다. 조심스럽게 고개를 끄덕이자 한정원이 내게 팔짱을 꼈다.

그 무리와 함께 복도를 걷는 동안 마음이 점점 더 들떴다. 매점에서 충동적으로 지갑을 연 건, 괜히 들뜨는 그 마음 때문이었을 것이다. 한정원이 자기가 사겠다고 했지만 나는 기어코 5만 원짜리 지폐를 꺼냈다.

"오 뭐야? 서예나가 사주는 거야?"

한정원의 친구들이 환호하면서 호들갑을 떨었다. 그 분위기를 타고 한정원의 친구들은 빵과 우유, 과자를 이것 저것 골랐다. 지출은 3만 원. 꽤 큰돈이었지만 내색하지 않았다.

'한정원이랑 친해진 기념이라고 생각하자.'

애들은 잔뜩 산 간식을 들고 운동장 한구석의 쉼터로 갔다. 한정원이 내 어깨에 친근하게 팔을 둘러 주었기 때문에 나도 무리 없이 낄 수 있었다. 애들은 탈색과 붙임머리에 대한 이야기를 하다가 자연스럽게 썸남이 어쩌고 남친이 어쩌고 하는 주제로 넘어갔다.

"야, 근데⋯ 이런 거 물어봐서 미안한데, 혹시 너도 연애하냐?"

묵묵히 듣고 있는데 불쑥 화살이 내게로 향했다. 김해은이었다. 한정원 친구들 중에서 제일 불편하고 괄괄한 스타일의 애라서 조금 움찔했다. 내가 선뜻 대답을 못 하자 김해은은 꼭 비웃듯이 말했다.

"아, 존나 미안하다. 내가 아픈 델 찔렀네."

그러자 옆에서 다른 애가 깔깔 웃었다. 이런 분위기가 뭔지 잘 알고 있다. 여기서 우스워 보이면 쭉 그런 우스운 포지션으로 있게 된다. 나는 한 번 해본 거짓말을 떠올렸다. 윤태이.

"아, 응⋯ 작년에 잠깐⋯ 해봤어."

그러자 애들은 살짝 멈칫했다. 김해은이 오~ 하고 감탄을 하면서 몸을 내 쪽으로 기울였다.

"누구랑? 어떻게?"

윤태이, 라고 말을 하려는데 애들 인맥 넓은 게 찜찜했다. 굳이 위험을 감수할 필요는 없었다. 나는 그냥 엄마 학원에 다니던 애였다고 했다. 이미 해본 거짓말이라서 그런지 말이 술술 나왔다. 한정원네 애들이 은근히 스킨십 쪽으로 이야기를 몰아갔는데, 거기에 맞춰서 말을 보태는 것도 어렵지 않았다.

"와, 서예나— 공부만 하는 줄 알았는데, 의외로 연애도 재밌게 한다? 맘에 드네?"

김해은이 깔깔 웃으면서 내 등을 쳤다. 흥미로울 법한 요소들을 넣어서 지어낸 이야기가 재미없을 리 없다. 어쩌면 나는 언변의 천재가 아닐까.

'한정원도 나에 대한 호감도가 더 올라갔겠지?'

힐끔, 한정원을 쳐다봤다. 손가락에 키링 고리를 끼워서 달랑달랑 흔들고 있었다. 마침 그 애도 내 쪽으로 고개를 돌렸다. 눈이 마주치자 한정원이 배시시 웃었다.

#6

여름방학이 성큼 다가왔다. 일상은 무던하고 순적했다. 굳이 작은 문제를 찾아내자면 원래 어울리던 내 친구들과 왠지 조금 어색해졌다는 거였다.

애들은 갑자기 한정원 무리와 친해진 나를 좀 부담스러워했다. 그러나 나는 심각하게 여기지 않았다. 두 무리가 결이 다르니 어쩔 수 없는 일이었고, 방학 전에 밥을 한 번 사는 정도면 묘한 섭섭함이나 어색함은 은근슬쩍 풀어지리라고 생각했다.

내가 밥을 사겠다고 제안했을 때, 애들은 순순히 기뻐했다. 방학을 한 주 앞둔 금요일 방과 후에 우리는 학교 근처 파스타집에서 모였다. 분위기는 밝았다. 내가 과민했었나 싶은 순간이었다.

"근데 예나야, 너 진짜 괜찮아?"

차성지의 말투에는 좀 거슬리는 구석이 있었다. 뭐가, 하고 되묻자 그 애는 후─ 한숨을 쉬었다.

"아니, 한정원네랑 어울리는 거 말이야. 너 저번에 걔네랑 매점 갔을 때도 너가 다 샀다며."

성지의 말에 다른 애들도 고개를 끄덕였다. 그 순간 얼굴이 뜨끈했다.

"운동화도 팔고, 키링도 주고… 아무리 봐도 한정원이 너를 사주는 게 맞는데, 너가 사준다고 했다고 받아먹는 건 좀 웃기지. 심지어 걔 친구들까지 다 얻어먹는 게 무슨 경우냐?"

꼭 호구를 나무라듯 했다. 마지막에는 쯧─ 하고 혀까지 찼다.

"에휴… 너무 끌려다니지 않게 조심해. 여차하면 호구 잡히겠더라."

옆에서 세연이가 그만하라는 뜻으로 성지 팔을 톡톡 쳤다. 성지는 할 말을 다 한 개운한 표정으로 파스타를 돌돌 말아서 한입에 넣었다. 뭐라고 대꾸를 하나, 생각하는데 세연이가 슬쩍 내 눈치를 살피면서 다른 말을 꺼냈다.

"아 맞다! 얘들아, 나 사실 고민이 하나 있는데….."

화제를 전환하려는 시도였다. 정적을 깨준 것에 고마워해야 할지, 아니면 항변할 기회를 가져간 것에 기분이 상해야 할지 애매했다. 세연이는 머뭇머뭇 말했다.

"내 남친 있잖아… 걔가 일요일에 같이 교회 가재."

"엥? 교회?"

박은영이 고개를 갸웃하며 되묻자 세연이는 비로소 쏟아 내듯이 말했다.

"응. 얘가 일요일에는 항상 2시 이후에 시간이 된다고 해서 왜 그런지 물어보니까 일요일마다 교회를 간다는 거야. 그러면서 갑자기 '같이 갈래?' 하는데 등에서 식은땀이 나더라."

하고많은 갈등 요소 중에서 하필이면 종교 갈등이라니. 더구나 요즘 교회 다니는 중학생이 얼마나 된다고. 헤어지라는 말이 목구멍까지 올라왔다. 6학년 때까지 교회를 다녀 본 사람으로서, 교회 사람들의 특징을 잘 알고 있다. 그들은 참견이 많았고, 성가시게 굴었고, 착한 척을 했다. 좋았던 기억도 있기는 있었다. 선생님들이 사주던 간식, 예배 끝나고 모여서 놀던 친구들, 기도나 찬양을 할 때

느끼는 감동, 하나님의 존재를 믿음으로써 생기는 든든함 같은 거. 그러나 그런 것들은 아빠의 사업이 망하면서 헛 것이 되었다.

잠시 옛 기억을 더듬는 사이에 성지가 질문을 던졌다.

"걔 어느 교회 다니는데? 또 이상한 데 다니고 그러는 거 아니야?"

"그건 아니야. 저기 경한고등학교 근처에 있는 아바드 교회야."

"아바드 교회? 아 거기 이상한 데는 아니야. 오래되기 도 했고, 내가 아는 애들도 몇 명 다녀."

은영이가 거들었다. 그러면서 한마디를 덧붙였다.

"아— 진기준도 거기 다니고."

진기준이 교회를? 진기준은 교회와 어울리는 이미지는 아니었다. 심지어 별명도 진또가 아닌가. 진기준 또라이. 진또.

차성지가 믿을 수 없다는 투로 말했다.

"에이, 야, 진또가 무슨 교회야. 걔랑 교회랑은 너무 안 어울리잖아. 너 진기준이 진또가 된 사건 기억 안 나? 작년 에 그 '미션 달리기' 사건?"

작년 체육대회 미션 달리기에서 반 대표로 출전한 진

기준은, 미션지에 적힌 타깃을 엉뚱하게 데려와서 모두를 기함하게 만들었다. 진기준이 뽑은 미션지에는 이런 지령이 적혀 있었다.

우리 학교를 빛낸 인재와 함께 결승선을 넘으세요.

그렇다면 보통은 교외 대회에서 수상을 한 운동부 일원이나 경시대회에서 수상한 학생을 데리고 나가려고 할 텐데 진기준은 머리가 반이 넘게 벗어진 교장 선생님을 '우리 학교를 빛낸 인재'랍시고 냅다 데리고 나온 것이다.

"아하하, 그때 진짜 웃겼는데. 그거 말고 그 사건도 있잖아. 머리 반삭으로 밀어 버린 사건."

이번에는 세연이가 얘기했다.

이건 올해 있었던 일이다. 미용고를 준비하는 애가 진기준을 꼬셔서 펌 연습을 했는데 꼭 푸들 같은 머리가 되고 말았다. 반 애들은 박장대소를 하면서 차라리 반삭으로 밀어 버리는 게 낫겠다고 농담을 던졌다. 그런데 진기준은 정말 그다음 날 바로 머리를 1센티미터 정도만 남긴 채로, 반 삭발을 하고 나타났다. 군인 삭발보다 약간 더 긴 정도의 반 삭발 머리는 학교 애들에게 또 이슈가 되면서 '진또'

의 입지를 굳혔다.

"그래, 그런 애가 무슨 교회야~. 안 어울려."

성지가 픽 웃으면서 손까지 저었다. 은영이는 억울했는지 열심히 항변했다.

"아니, 진짜라니까? 우리 엄마 식당이 거기 근처잖아. 거기 교회 사람들이 밥 먹으러 자주 온단 말이야. 진기준네 부모님도 종종 온대. 처음엔 몰랐는데, 단골이라 몇 마디 주고받다가 알게 됐대. 같은 학교 학부형인 거."

성지는 지지 않고 물었다.

"야, 부모님이 다닌다고 진기준도 다니라는 법 있냐."

"우리 엄마가 예배 끝나고 아들도 한번 데리고 오라고, 서비스 주겠다고 했나 봐. 근데 걔가 요즘은 머리가 커서 그런지 교회를 잘 안 오려고 한다고 그랬다면서 나보고 진기준이랑 친하냐고 물어보더라고."

그 말을 듣고도 여전히 교회에서 예배드리는 진기준의 이미지는 선뜻 떠오르지 않았다.

세연이의 남자친구 이야기는 갑자기 불쑥 끼어든 진기준의 이야기 때문에 딱히 해결된 게 없는 상태로 어영부영 마무리가 되었다.

나와 세연이는 집 가는 방향이 같았다. 둘이서 함께 걸어가는 길에 세연이는 조심스러운 투로 넌지시 "예나야—"
하고 불렀다. 남자친구 문제를 다시 꺼내려나 했는데 다른
이야기를 했다.

"그… 혹시 느꼈는지 모르겠는데… 애들이 너 한정원
네랑 자꾸 어울리려고 하는 거… 좀 불편해하더라."

아, 다시 이 얘기. 나는 전혀 몰랐다는 듯이 일부러 눈
을 동그랗게 뜨고 세연이를 쳐다봤다. 세연이는 슬쩍 눈을
피했다.

"나는… 뭐 많이 섭섭하고 그렇지는 않은데, 그래도 조
심하면 좋을 거 같아서."

세연이는 주눅 든 강아지처럼 말했다. 묘하게 불길함
을 느끼게 하는 태도였다. 나는 약간의 께름칙함을 무시하
고 세연이의 손을 덥석 잡았다.

"진짜? 그렇게 불편해하는 줄은 몰랐어…. 앞으로 조심
할게. 말해 줘서 고마워, 세연아."

세연이는 여전히 눈을 피한 채로 어색하게 웃었다.

#7

세연이의 충고가 실제적으로 느껴지기 시작한 건 방학
을 하고 난 뒤였다. 두 주 정도가 지날 무렵, 나는 슬픈 사
실을 한 가지 깨닫게 되었는데 한정원네 애들의 살가움은
딱 학기 중일 때, 오직 학교에서만 주어진다는 사실이었
다. 굳이 방학 때까지 나를 끼워 줄 마음은 없었던 것이다.
그 증거로 방학식 이후로는 단 한 번도 내게 연락을 하지
않았다. 인스타에는 한 주에 몇 번씩이나 시끌벅적하게 논
사진들이 올라왔다. 그리고 딱 그즈음에 내 친구들마저도
나를 제외하고 모여서 논 사진을 인스타 스토리에 올렸다.
심장이 쿵 떨어지는 것 같았다. 어릴 때, 무리에서 차근차

근 소외당하기 시작했던 기억이 머리를 스쳤다.

– 어? 너네 언제 만나서 놀았어?

태연한 척 황세연에게 디엠을 보냈다. 세연이는 은영이한테 놀자고 연락을 했는데, 마침 은영이가 성지랑 같이 있어서 셋이 만나서 놀았다고 설명했다. 그럴듯한 이유였으나 그 주고받는 연락 사이에 내가 빠졌다는 건 큰 문제였다.

'어떡하지… 이제 2주만 더 지나면 개학인데.'

어떻게든 개학 전에 이 이상한 분위기를 바로잡아야 했다. 나는 우리들이 다 같이 있는 단체방에 메시지를 올렸다.

– 얘들아, 우리 다음 주에 만나자! 개학 전에 한번 뭉쳐야지!

그러고 보니, 방학 동안에 카톡과 인스타의 단체방이 이상하게 잠잠하기는 했었다. 다들 학원 가느라 바쁜 거라고 생각했고, 이제 난 한정원이랑도 친하니까 하고 애써 대수롭지 않게 여기고 넘어갔는데 사실은 대수로운 일이었던 것이다.

어릴 적 일이 되풀이되는 건 아니겠지. 아니여야만 한다. 특별함에서 평범함으로 떨어져 내려가던 그때의 상황과 나 자신의 무언가가 달라지는 그 감각은 불쾌하고 슬펐다. 만약 이번에 친구들과 틀어진다면 이제는 '평범' 축에도 못 끼게 될지도 모른다. 너무 과장해서 생각하는 걸까. 어느새 나는 멍하니 앉아서 손가락을 꼼지락꼼지락 매만지고 있었다.

한참 뒤에 단체방에 그러자는 답이 올라왔다. 안도의 한숨을 내쉬는 순간, 차성지가 한마디를 덧붙였다.

– 좋아, 사실 예나 너한테 물어볼 것도 좀 있고.

우리랑 놀 거냐, 아니면 한정원네에 붙을 거냐는 말이 아닐까. 나는 대답을 미리 준비했다. 당연히 너희지, 그게 무슨 섭섭한 말이냐고 말하면 될 것이다. 한정원이 친근하게 대해 주니까 좀 혹한 면도 있지만 사실 그렇게 잘 맞는 것도 아니었다, 너희들이 최고다, 이렇게 말하고, 그날 밥은 내가 사는 거다. 깔끔하고 완벽한 그림이었다.

약속한 날, 우리는 떡볶이집에서 만났다. 조금 일찍 도착했는데도 애들 셋이 먼저 와 있었다. 자리에 앉으면서부터 조금 묘한 분위기를 느꼈다. 피부로 느껴지는 어색함. 그건 단순히 내가 다른 그룹 애들이랑 좀 붙어 지낸다고 섭섭해하는, 그런 종류가 아니었다.

'뭐야, 애들 왜 이래?'

주문을 하고, 부르스타 위에 사리가 넘치도록 담긴 국물떡볶이가 올려지고, 끓고, 퍼서 먹을 때까지도 이 요상한 분위기는 나아지지 않았다. 애들이 먼저 말문을 열어 주면 좋을 텐데 다들 쉽사리 얘기를 꺼내지 않았다. 결국은 더 초조한 쪽인 내가 먼저 서두를 던졌다.

"아, 맞다. 성지 너 뭐 물어볼 거 있다고 하지 않았어?"

최대한 아무렇지 않게 말하려고 애썼으나 자꾸 시선이 테이블 어딘가를 배회하려고 했다. 애들은 내가 말을 꺼내기 무섭게 서로 눈치를 봤다. 그 와중에 차성지는 조금 여유로워 보였다. 그게 꼭 먹이를 앞에 둔 포식자 같았다. 방학 전의 상황과 방학 이후의 시간들 속에서 내가 놓친 무언가가 있나. 아무리 머리를 굴려 보아도 생각나는 게 없었다.

"있잖아, 예나야."

성지가 말문을 연 순간이었다. 한 가지 소름 끼치는 가정이 머리를 스쳤다.

'거짓말한 거 들켰나?'

그럴 리가 없었다. 구멍이 없는 거짓말이었다. 그러나 만에 하나 들켰다면 어떤 거짓말을 들켰을까? 중간고사 성적? 가짜 연애 경험? 아니면 소드 팬인 척 한정원의 관심을 끌어낸 거?

"사실 방학하고 나서 우리 셋이서만 만난 적이 두 번 있었어."

한 번은 안다. 박은영의 인스타 스토리와 차성지의 인스타 피드에 셋이서만 만난 사진이 올라온 날이 아닌가. 하지만 그전에도 셋이서만 만난 적이 있다니. 그건 좀 충격이었다.

"아 그랬어? 괜찮아~."

나는 최대한 부드러운 표정을 지으려고 노력했다.

"사실 나도 너희한테 좀 미안한 부분이 있…"

"저기, 예나야 우리가 먼저 말해도 될까?"

차성지가 내 말을 잘랐다. 슬슬 계획대로, 너희에게 소홀했던 내가 미안해, 를 시전하려고 하던 것이 가로막혔다. 차성지는 당황스러워하는 나를 조금도 개의치 않고 말을 이어 나갔다.

"처음으로 너 빼고 셋이서 만났을 때, 우리는 이미 너한테 좀 섭섭한 상태였어. 네가 너무 티 나게 한정원네 애들을 좋아하기도 했고, 은근히 좀… 뭐랄까… 살짝 나댄다고 할까? 그런 느낌도 있었고… 아무튼 그래서 다들 속상하던 차에 어떻게 스케줄이 맞아서 우리끼리 만나게 됐어. 그렇다고 우리가 너를 따돌리겠다는 그런 마음이었던 건 아니야. 그냥 다들 속상하니까 한번 만나서 이야기를 하고, 너랑 어떻게 풀지 논의를 좀 해보려고 한 거지."

그러니까 차성지 말은, 자기들끼리 만나서 내 뒷담화를 하려고 했다는 거였다. 비꼬아서 듣는 것일 수도 있지만 어쨌든 나에게는 그렇게 들렸다.

"기분도 풀 겸, 잠실까지 나가서 최근에 좀 유명해진 함박스테이크 가게를 갔는데 매장이 꽉 차서 대기를 해야 하더라고. 대기를 할까 말까 하고 있는데 글쎄 대기 줄에서 누구를 만났는지 알아?"

씰룩거리는 차성지의 입꼬리가 거슬렸다. 아무래도 좋으니까 빨리 말이나 해줬으면 좋겠다는 생각이 들 때, 차성지는 소곤거렸다.

"윤태이. 그 애를 만났어."

나는 잠시 귀를 의심했다. 하필이면 윤태이라니. 머리가 아득해졌다.

"윤태이가 먼저 작년에 같은 반이었던 세연이를 알아보고 주춤거려서 우리도 걔를 알아봤지."

서로가 서로를 알아차린 걸 느꼈기 때문에 모른 척할 수도 없었다고 했다. 어색하게 인사를 주고받고 작년에 이사 가지 않았냐, 여기는 어떻게 왔냐 하는 시답지 않은 질문들을 던진 모양이었다. 윤태이는 주저주저하다가 그냥 좀 만날 사람이 있어서 왔다고 답했다.

"그 얘기를 듣는데 갑자기 널 만나는 건가 싶은 거야. 그게 아니면 그렇게 주저할 이유가 뭐가 있겠어. 그래서 혹시 예나 만나러 왔냐고 물었지."

그때 윤태이는 무슨 생각을 했을까. 그 애에게 나는 존경하는 학원 선생님의 딸이기는 했지만 친구는 아니었다. 당연히 여자친구도 아닐뿐더러 썸을 탄 적도 없다. 그런데 뜬금없이 나를 만나러 왔냐는 말을 듣다니.

"그 애는 질문 자체를 전혀 이해하지 못한 얼굴로 '내가 걔를 왜 만나?'라고 하더라. 아차 싶어서 급하게 얼버무렸어. '아 미안. 너네 사귀었으니까… 혹시나 해서'라고. 그랬더니 윤태이가 이번에는 눈을 확 찌푸리더니 고개를 갸웃거리는 거야. 그러면서 그게 무슨 소리냐고 하더라."

정말이지 최악이었다. 저절로 눈이 질끈 감겼다. 거기에 대고 차성지는 더 기함할 만한 이야기를 했다.

"근데, 갑자기 누가 또 불쑥 나타나서 '그게 무슨 소리야?' 하고 묻는 거야. 그게 누구였는 줄 알아?"

알 턱이 있나. 차성지는 느릿하게 대답했다.

"한정원."

"뭐?"

"한정원이었다고. 모자를 눌러쓰고 나타났어. 윤태이가 만나려고 했던 사람이 한정원이었던 거야."

"아니, 그 둘이 왜 만나?"

너무 예상치 못한 흐름이었다. 들은 이야기를 아직 다 소화 못 하고 있는데, 갑자기 이제껏 가만히 있던 박은영이 질문을 했다.

"너 윤태이가 은근히 인기 있었던 거는 알지?"

물론 알았다. 잘생기지는 않았지만 또래에 비해 큰 키와 다부진 덩치, 약간 위압감이 느껴지는 인상과 분위기, 진중한 느낌을 주는 과묵함 같은 요소들 때문에 윤태이를 좋아하는 애들이 꽤 있었다.

"한정원이랑 윤태이가 1학년 여름부터 사귀는 사이였

대. 근데 한정원이 그해 말에 연습생 시작해서 비밀로 사귀었다고 하더라."

으악. 속에서 소리 없는 비명이 터져 나왔다. 그러니까 내 친구들은 물론, 한정원까지 내 거짓말을 알게 된 것이다. 더구나 한정원은 윤태이와 이미 진작부터 사귀는 중이었고! 그 어떤 변명거리라도 만들어 내고 싶었지만 아무것도 생각나지 않았다.

그 뒤로도 애들이 이랬니 저랬니 이야기를 했지만 귀에 제대로 들어오지 않았다. 혼미해지는 정신을 가까스로 붙잡을 즈음에서야 차성지의 말이 마음을 파고들었다.

"너 한정원네 애들한테는 너희 엄마 학원 다니는 애랑 연애해 봤다고 했다며. 근데 그거 우리한테 했던 거짓말 그대로 한 거더라? 거기에 살만 이것저것 더 붙였던데?"

아— 그랬었다. 심지어 그때는 스킨십에 대한 이야기까지 했었다. 그러니까 나는 남의 남친을 가지고 언제 어떻게 뽀뽀를 해봤다느니 하는 이야기를 하고 앉아 있었던 것이다. 그리고 그걸 당사자들한테 들켰고.

오해를 풀고 말고 할 것도 없었다. 애들은 나한테 왜 거짓말을 했냐고 묻지도 않았다. 물었더라도 대답할 수 없었을 것이다. 머리가 먹통이 되었으니까. 애들은 무거운 분위기로 자리에서 일어났다.

"아 맞다."

나가기 전에 차성지가 갑자기 생각난 듯 돌아섰다.

"너, 중간고사 성적도 속였잖아."

아니, 그건 또 어떻게…. 멍하니 쳐다보자 차성지는 픽 웃었다.

"중간고사 끝나고 담임 면담 갔을 때, 너 다음이 내 차례였잖아. 담임이 가린다고 가리긴 했지만, 슬쩍 삐져나온 네 성적 꼬리표 내가 봤거든."

아, 하고 마음속으로 허무한 탄성이 툭 터졌다. 차라리 그때 나한테 따져 묻기라도 했으면 이렇게까지 거짓말을 하지는 않았을 텐데. 성지는 어깨를 으쓱했다.

"그런 걸로 뭐라고 따지고 들기에는 좀 쪼잔한 것 같아서 그냥 말 안 꺼냈어. 근데, 네가 이 정도로 할 줄 알았으면… 그때 그냥 말을 할걸 그랬나 봐."

차성지는 그 말을 마지막으로 건네고 애들과 함께 가게를 나갔다. 문이 열리고 닫히면서 문에 달려 있던 종이 '딸랑' 울렸다. 그 소리가 내게는 꼭 "너 이제 인생 종쳤어"라는 속삭임으로 들렸다.

#8

'적당히 하고 멈췄어야 했어.'

집으로 돌아오는 내내 이 생각뿐이었다. 이미 늦어도
한참 늦었지만 어떻게든 과거로 돌아가서 내가 한 거짓말
들을 싹 다 지워 버리고 싶었다. 한 주가 더 지나고 개학이
찾아오면 여기저기 틈이 난 거짓말이 완전히 파헤쳐지고
거기에 더 과장된 소문까지 붙어 애들 사이에서 나는 완전
히 미친년이 되어 있을 게 분명했다.

"안 돼. 내 중학교 인생은 끝장이 날 거야."

어쩌면 고등학교 인생에까지 영향을 미칠지도 모른다.
소문이 날 테니까. 저절로 눈물이 찔끔 났다.

나는 그냥 좀 특별해지고 싶었을 뿐이다. 아무도 주목하지 않는, 발길에 툭 치이는 수십 개의 돌멩이 같은 그런 인간이고 싶지 않았다. 예전처럼 인기가 있었으면 했고, 지금보다는 더 좋게 보이고 싶었다. 그냥 그뿐이었다. 어딘가 허전한 가슴을 좀 메우고 싶은⋯ 그런 거 말이다.

생각할수록 비참했다. 더 이상 내려갈 데가 없는 최악의 상황이었다. 침대에 엎드려서 한참을 울다가 지쳐서 살짝 잠이 들었다. 선잠이라 그런지 불쾌한 꿈까지 꿨다. 개학을 했고, 학교를 갔고, 전교생한테 거짓말쟁이, 사기꾼으로 소문이 나서 온갖 조롱과 멸시를 받는 꿈이었다. 발작하듯이 깨어났을 때는 그게 꼭 예지몽 같다는 생각이 들어서 더욱 괴로웠다.

깨었을 때 시간은 이미 저녁 8시였다. 현관문이 열리는 소리가 들렸다. 언니는 독서실에서 10시나 되어야 오니까 엄마일 거였다. 슬리퍼를 끌면서 거실을 돌아다니는 소리에는 피곤함이 묻어났다.

잠시 후, 똑똑─ 문 두드리는 소리가 들렸다. 대꾸하지 않자, 그다음에는 갈라진 목소리로 "자니?" 하고 물어 왔다. 대답을 할까, 갈등하는 사이에 엄마가 문을 열고 들어왔다. 눈이 마주쳤다. 늘 그렇듯이 엄마는 고단한 눈을 하고 있었다.

"뭐야, 깨어 있었네. 대답을 하지─."

"왜. 나 피곤해."

말이 퉁명스럽게 나갔다. 엄마가 인상을 찌푸렸다.

"엄마보다 더할까. 오늘 엄마가 수업 몇 개를 뛰었는지 알아?"

"엄마가 스케줄을 빡세게 잡아 놓고선…."

엄마가 일을 고되게 하는 건 거의 엄마 자신의 의지였다. 형편을 떠나서 일에 매달림으로써 비참한 기분이나 속 시끄러운 생각들을 차단하려 하는 그 시도를 언니도, 나도, 심지어 엄마 자신도 알고 있었다. 엄마는 더 대답하지 않고, 책상에 종이 뭉텅이를 하나 올려 두었다.

"오늘 3학년 애들 특강한 자료야. 2학기 시작 얼마 안 남았으니까 너도 신경 써서 봐. 내일 저녁에 공부한 내용 간단하게 테스트 볼 거야."

지금 이 상황에 무슨 공부. 불쑥 화가 솟구쳤다. 물론 엄마는 내 사정을 모르지만 그런 걸 고려하기엔 내 상황이 너무 극악했다. 엄마가 평소에 내 일상을 잘 묻지 않는다는 것도 갑자기 엄청 섭섭하게 느껴졌다.

"엄마는 나한테 말할 게 공부 말곤 없어?"

정곡을 찔린 걸까, 아니면 어이없어하는 걸까? 엄마는 당황한 표정을 짓더니 잠시 뒤 기운이 좀 빠진 목소리로 물었다.

"너… 오늘 무슨 일 있었어?"

그제야 평소와 조금 다른 걸 눈치챈 모양이다. 순간적으로 모든 일을 털어놓고 싶은 충동이 솟구쳤다. 누구에게라도 문드러져 가는 속내를 이야기하고, 위로든 조언이든 받고 싶었다. 그러나 실제로 말할 수는 없었다. 수치스럽기도 했고, 집안이 이렇게 된 이후부터 점차로 엄마와 깊은 이야기를 나누지 않게 된 영향도 있었다.

"궁금하긴 해?"

내가 끝까지 비딱하게 대답하자 엄마는 한숨을 쉬고 잠시 눈을 감았다 떴다.

"무슨 일인데."

어조는 한결 부드러워져 있었다. 그러나 이미 말할 생각을 접은 뒤였다. 어찌저찌 말한다 한들 해결법도 없을 것이고 엄마의 고단함만 가중시킬 게 뻔했다. 엄마는 두어 번 더 채근하다가 포기했다. 나중에라도 얘기하라고 말하면서 방을 나가던 엄마는 갑자기 "아—!" 하면서 돌아섰다.

"김초아 전도사님 연락 왔었어."

약간 탄 얼굴과 짙은 쌍꺼풀의 커다란 눈, 그리고 날개 뼈보다 약간 아래까지 내려오는 히피펌 헤어스타일이 자동으로 떠올랐다. 전도사님 특유의 밝고 통통 튀는 말투와 나를 위로해 주던 따뜻한 모습들도.

"사역지를 먼 곳으로 옮기신대. 아쉬운 마음에 연락했다고 하시더라."

엄마도 김초아 전도사님에 대해 말할 때에는 한결 누그러진 기색이었다.

전도사님은 우리 가족에게는 꽤 고마운 분이었다. 나에게는 더욱 그랬다. 당시 전도사님은 초등부 학생인 나를 참 알뜰살뜰히 챙겼다. 그것도 그냥 티가 나게 잘해 주거나 부담스럽게 상냥한 것이 아니라 꼭 장난을 치듯이 다가와서는 은근슬쩍 위로하고 챙겨 주고 가셨다.

– 어머, 예나. 너 어디서 썩은 냄새라도 맡았어? 금방이라도 코가 떨어질 것 같은 표정인데? 이리 와봐. 전도사님이 특별히 안아 줄게. 나한테서 좋은 냄새 나는 거 알지? 어, 안 믿네? 일단 와서 안겨 봐.

가끔은 이렇게 좀 정신없이 농담을 할 때도 있었고, 어떤 순간에는 부드럽게 등을 도닥이면서 달래듯이 위로하기도 했다.

  ― 예나! 너무 힘들 때는 억지로 힘내지 않아도 괜찮아. 그냥 그대로 버티고 있는 것만으로도 장한 일이야. 전도사님이 예나 위해서 기도할게. 하나님한테 대신 막 화내 줄게. 하나님, 진짜 장난하세요?! 예나 지금 힘들다고요!! 이렇게 화내 주고, 혹시라도 하나님이 혼내시면 전도사님이 대신 다 혼날게! 근데… 하나님은 그런 걸로 혼내시는 분은 아니다? 그러니까 예나도 하나님한테 하고 싶은 말 있으면 그냥 다 해도 괜찮아.

  나는 그분이 좋았다. 안아 줄 때 풍기는 따뜻한 냄새도. 통통 튀는 말투도, 따뜻한 손길도 다 좋았다. 전도사님은 우리 엄마가 교회에 나오지 않기 시작할 무렵에 초등부 예배를 마치고 나가는 나를 도로 불러 세워서는 이런 말도 해주었다.

  ― 예나! 내가 남들보다 잘하는 게 두 개 있거든? 우리 초등부 코딱지들 밥 사주는 거랑 기도. 내가 또 명색이 전

도사잖니. 예나가 연락하면 맛있는 거 사주고, 기도하는 거, 이거 두 가지는 내가 얼마든지 해줄 수 있다? 알지? 나 지금 연락 자주 하라고 꼬시는 거야. 내가 원래 자존심 센 여자라 이런 거 잘 안 하는데 너한테만 특별히.

'보고 싶다.'

불현듯이 그런 마음이 들었다. 아마도 암담하고 참담한 내 상황 때문일 것이다. 개학을 앞두고 사면초가, 진퇴양난, 일촉즉발의 상황에 처해 있으니 누구라도 의지하고 싶은 건 당연하다.

'전도사님이 되게 착했어. 재밌었고. 그리고 똑똑했던 것 같은데.'

그런 사람이라면 이 엄청난 상황에서 작은 실마리 하나라도 제시해 줄 수 있지 않을까. 그렇지만 이제 와서 내 문제 좀 해결해 보겠다고 대뜸 연락하자니 너무 염치없는 행동 같았다. 심지어 나는 그간 전도사님이 몇 번인가 보내 온 연락을 다 무시했었다.

'그래도 전도사님이라면 이해해 줄 것 같은데…'

한동안 이리저리 고민하다가 결국은 차단했던 전도사님의 번호를 슬그머니 풀고, 메시지를 적었다.

— 전도사님. 내일 점심에 시간 되세요?

몇 년 만에 연락을 하는 주제에 참 간결하고 당당한 문장이었다. 그걸 화면에 띄워 놓고 보낼지 말지를 또 한동안 고민했다.

'에이씨 몰라. 내가 지금 찬밥, 더운밥 가릴 때야?'

결국은 메시지 전송을 눌렀다. 저지르고 나니 덜컥 겁이 났다. 재빨리 핸드폰 설정을 무음으로 해놓고 뒤집어 두었다. 방금까지 악몽을 꾸느라 여전히 피곤했던 터라 두 번째로 청한 잠은 다행히 숙면으로 이어졌다.

#9

– 예나! 어머, 나 너무 놀랐네. 네가 연락을 주다니, 할렐루야다. ㅎㅎ

– 어디서 만날래? 맛있는 거 사줄게. 가고 싶은 데 있으면 말해 봐.

우리는 압구정역의 인스타 핫플레이스에서 만나기로 했다. 사실 나는 어디든 상관없었는데 전도사님이 이왕 만나는 거 좋은 데 좀 가자며 이곳저곳을 알아보았다.

전도사님은 압구정역 3번 출구 앞에서 나를 기다리고 있었다. 아이보리색 슬렉스에 검은 반팔 티셔츠를 입고,

하얀 스틸레토 힐을 신은 차림새였다. 거기에 예쁜 벨트와 알이 작은 진주 목걸이와 귀걸이로 포인트를 줬는데, 그 패션만 보아도 전도사님이었다. 물론, 히피펌 머리스타일도 여전했다.

"어머나, 예나!! 너 이제는 거의 아가씨다, 아가씨! 코딱지가 언제 이렇게 컸지?"

전도사님은 나를 보자마자 해맑게 웃으면서 내 등을 팡팡 때렸다. 전도사님에게서는 여전히 햇살 같은 냄새가 났다.

전도사님은 이 근처에 유명한 피자집이 있다면서 그리로 나를 데려갔다. 주문한 피자가 나올 때까지도 전도사님은 내가 당신의 연락을 무시했던 것에 대해서는 단 한마디도 하지 않았다. 우리는 소소한 근황을 나누었다.

전도사님은 다음 달부터 경기도에 있는 교회에서 중등부 사역을 시작한다는 것과 소개팅을 다섯 번 했지만 모두 실패했고 혹시 본인에게 '독신의 은사'가 있는 건 아닌지 심각하게 생각 중이라는 사실을 알려 주었다.

"아니 근데, 나는 절대절대 독신에 어울리는 사람이 아니거든. 어휴, 하나님이 나를 제일 잘 아실 텐데 설마 독신으로 살게 하진 않으시겠지? 아, 근데, 예나 너도 연애 같은 거 하니?"

혼잣말인지 뭔지 헷갈리는 투로 말을 하던 전도사님이 불쑥 물었다. 가슴이 뜨끔했다. 연애. 내가 한 거짓말 중에서 가장 큰 폭탄이 된. 짧게 고개를 젓자, 전도사님은 흡족한 듯이 고개를 끄덕였다.

"그래그래, 연애는 좀 더 커서 해도 괜찮아~. 전도사님이나 급하지, 너는 급할 게 없어."

피자를 야무지게 한 입 베어 물면서 말을 하시는데, 나는 어느 타이밍에 내 고민을 꺼내야 할지 감을 잡을 수 없었다. 바로 그때 전도사님이 물꼬를 터주듯이 물었다.

"그래서 너는 요즘 학교생활은 좀 어떠니?"

드디어 내 고민을 말할 때가 된 것이다. 그간 나의 행동과 입에서 툭툭 튀어나왔던 영문 모를 거짓말들과 그게 모두 다 들통나게 생긴 이 끔찍한 상황에 대한 조언을 구할 수 있는 기회였다!

"저… 사실은…"

단번에 말해 버리자, 하고 입을 열었다. 그런데 왜인지 말문이 막혔다. 입술은 달싹거리는데, 목구멍에서 소리가 꽉 막혀 버린 느낌이었다. 어쩌면 전도사님의 따뜻한 눈빛 때문인지도 모른다. 전도사님처럼 좋은 사람 앞에서 나의 치부를 드러낼 순 없었다. 갑자기 내가 참을 수 없을 만큼 염치없는 사람으로 느껴졌다. 그동안 그 정성스러운 연락에 대꾸도 한 번 안 하다가 갑자기 불러내서 밥을 얻어먹고 고민을 얘기한다고? 게다가 이상한 거짓말을 하느라 곤경에 빠졌다는 그런 부끄러운 이야기를? 왜 그런 거짓말을 하고 다녔냐고 물으면 뭐라고 대답하지? 그냥 좀 특별한 사람의 기분을 되찾아 보고 싶었어요— 뭐 하나 모자란 것 없는 그런 사람의 기분이요— 이런 걸 변명이랍시고 말할 수는 없었다.

"그… 조금 문제가 있긴 해요. 그런데… 그게 말로 설명하긴 좀 그렇고….."

말이 길을 잃었다. 전도사님이 침착하게 들어 주고 있어서 더 부끄러웠다. 결국 나는 고민 털어놓는 걸 포기하고 급하게 얘기를 마무리했다.

"그냥… 제가 실수를 좀 한 게 있고, 그래서 상황이 많이 꼬였거든요. 제 남은 중학교 인생이 엉망이 될 수도 있는 그런 건데… 그냥 생각날 때 기도나 좀 해주세요."

누가 들어도 수상하고 조급한 투였는데, 전도사님은 묵묵히 고개를 끄덕였다.

"예나! 예전에 내가 말했던 거 기억나지? 내가 남들보다 잘하는 게 밥 사주는 거, 기도하는 거라고."

"아, 네⋯."

"하나님은 너의 앉고 일어섬을 알고, 너의 머리카락을 다 셀 정도로 너를 잘 아셔. 전도사님의 이 풍성한 머리카락 한 올까지도 다 세실 정도로 우리를 세세하게 아신다니까? 네가 설명하지 못해도 괜찮아. 그분은 다 아시거든~. 괜찮아, 괜찮아."

뜻을 알 수 없는 말을 툭 던져 놓고, 전도사님은 사이드 메뉴로 치킨윙을 먹을 건지 물었다. 포장까지 하길래 가져가서 드시려나 했는데, 헤어질 때 그건 내 손으로 들어왔다.

윙 네 조각이 들어 있는 상자를 들고 집에 돌아왔을 때는 몹시 피곤한 상태였다. 아직 오후 4시밖에 되지 않았는데 졸음이 몰려왔다. 오랜만에 전도사님을 만나느라 긴장했던 탓일까.

'좋았지. 좋은 시간이었어. 해결된 건 없지만.'

나는 불러낸 예의를 차리려고 '기도나 해달라'고 대충 얼버무렸고, 전도사님은 그렇게 하실 것이다. 그게 다였다. 문제를 말하지 못했으니 조언을 들을 수도 없었고, 해결의 실마리를 찾을 수도 없었다.

씻고 나와서 그대로 침대에 누웠다. 그대로 자려다가 문득 애들의 동태만 슬쩍 파악하고 자야겠다는 생각이 들었다. 인스타에 접속하자마자 보인 것은 공교롭게도 한정원의 피드였다. 피드를 보자마자 심장이 덜컹했다. 한정원은 코가 길어진 피노키오 그림을 올렸다. 해시태그도 심상치 않았다.

#피노키오#거짓말을하면#코가길어지지
#거짓말쟁이는사람이될수없어요

거기에 달린 댓글들도 다 가슴 떨리게 만드는 내용이었다. '존나 소름' '개학 때 기대됨' 같은 댓글이었는데, 한정원의 친구들도 이미 내 이야기를 들은 게 분명했다. 차마 더 보지 못하고 핸드폰 화면을 껐다. 까만 액정화면에 죽을상을 하고 있는 내 얼굴이 비쳤다.

'전학 말곤 답이 없어.'

그러나 중학교 3학년의 전학이 어디 쉬운 일이겠는가. 엄마한테 설명하는 것부터가 넘기 힘든 산처럼 여겨졌다.

한숨이 나오다가 눈물이 나왔다. 눈물은 곧 울음이 되었고, 쉽사리 멈추지 않았다. 이렇게 울다가는 내가 녹아 버릴지도 모른다 싶을 정도로 울고 또 울었다. 그래, 차라리 녹아 버렸으면 좋겠다. 흔적도 없이. 아예 이 세상에 없었던 듯이.

"제발 나를 없애 줘요. 태어나지도 않았던 것처럼."

누구에게 무엇을 구하고 있는지도 모르는 상태로 구걸했다. 그 말을 수십 번 되풀이했다. 시간이 더 흐르자 몸에 진이 빠졌고, 머리가 멍해지면서 잠시 물려 두었던 피곤이 다시 들이닥쳤다. 이 와중에도 잠은 오는구나. 이렇게 잠들어서 영영 깨어나지 않으면 좋을 텐데.

[정말?]

어디선가 희미한 속삭임이 들리는 것 같았다. 잠과 꿈의 경계를 넘어가고 있는 모양이었다.

[네가 사라지는 것 대신에 거짓말이 없어지는 걸로 하면 어떨까?]

꿈은 무의식의 소망이라던가. 내 마음의 소리가 들리는 걸 보니, 정말로 이제 곧 숙면의 세계였다.

◆

갑자기 번쩍 눈이 떠졌다. 잠에서 깨면서 직전까지 꿨던 꿈의 끝자락이 희미하게 흩어졌다. 내가 목각인형 피노키오가 되는 불쾌한 꿈이었다. 몸은 땀으로 젖어 있었다.

핸드폰을 확인해 보니 새벽 4시 7분이었다. 어정쩡한 시간이었다. 다시 화면을 끄고 자려는데, 갑자기 진동이 울렸다.

'이 시간에 웬 문자?'

틀림없이 스팸문자일 텐데, 도대체 어떤 업종이 새벽 4시에도 스팸을 보내나 싶어서 문자를 확인했다.

[조각게임]

2023/8/18 8:00 START

2023/11/18 18:00 FINISH

문의 https://CORAMDEO.ly/7DAY

'뭐야 이건.'

난데없이 조각게임이라니. 이게 뭘까 잠깐 생각하다가 곧 깨달았다. 요즘 모바일 불법 도박이 난리도 아닌데 아마 그런 종류인 모양이었다. 더 생각할 것도 없이 당장에 차단을 하고 메시지 화면을 나갔다. 그런데 또, 지잉 하고 문자메시지 알림이 울렸다.

[조각게임]

게임에 참가하면 당신의 거짓말을 지워 드립니다.

문의 https://CORAMDEO.ly/7DAY

나도 모르게 튕기듯 벌떡 일어나 앉았다. '게임에 참가하면 당신의 거짓말을 지워 드립니다'라고? 뭐지, 누가 장난을 치나. 오소소 소름이 돋았다. 심장이 쿵쿵 뛰기 시작했다. 그냥 스팸이라면 타이밍도, 내용도 너무 기가 막힌 우연이었다. 일단 나는 떨리는 손으로 또 차단을 걸고 메시지를 삭제했다. 잠시 후 다시 폰이 울렸다.

[조각게임]

참가자 : 서예나 (16)

게임에 참가하시겠습니까?

문의 https://CORAMDEO.ly/7DAY

'참가자 서예나?'

순간적으로 머리가 멍해졌다가 한 번에 충격이 몰려들었다. 나는 짧게 으악— 비명을 지르면서 바로 폰을 집어던졌다. 뭐지 진짜. 나한테 미친 사이코 스토커가 붙었나? 설마 귀신의 농간? 몸이 덜덜 떨렸다. 오만 잡생각을 하고 있는데, 문득 반 애들의 장난인가 하는 생각이 머리를 스쳤다. 그래, 아무리 생각해도 이게 가장 타당했다. 나를 엿먹이려고 이런 문자를 보내는 거다. 발신자 번호표시가 제한되어 있는 것만 봐도 그렇다. 아마 제한을 걸고 다른 애들 번호로 돌려 가면서 문자를 보내는 거겠지.

이 새벽에 애들끼리 이런 작당을 한다는 게 좀 설득력이 떨어지지만 지금으로서는 이게 가장 적절한 생각이었다. 나는 다시 폰을 주워 들었다. 문자에 표시된 링크를 눌러 볼까. 만약 반 애들의 장난 문자라면 연결된 페이지가 없을 거였다.

'그런데 만약 진짜 스팸이라면? 링크를 누르는 순간에 폰이 통째로 해킹당하는 거 아니야?'

보이스 피싱에 관련된 온갖 사례들이 다 떠올랐다.

'뭐 어차피 내 폰에는 은행 어플도 없고, 이상한 사진 저장한 것도 없으니까 괜찮지 않을까?'

뭐가 더 나을까. 애들의 장난? 진짜 스팸문자? 어느 쪽도 달갑지 않았으나 내 손가락은 이미 문자의 링크로 향하고 있었다. 눈을 딱 감고 링크를 눌렀다.

개발자와의 채팅을 시작합니다.

아뿔싸. 보이스 피싱이었다. 나는 서둘러 핸드폰 전원을 꾹 눌렀지만 1초 만에 뭔가가 깔리고, 자동으로 어떤 화면이 떴다. 파스텔톤 하늘색의 화면이었고, 채팅창처럼 보였다. 화면에서는 웅장한 팡파르가 울렸다.

'세상에 이게 다 뭐야.'

핸드폰은 이제 꺼지지도 않았다. 악성 바이러스가 깔린 모양이었다. 눈물이 찔끔 나오려고 하는데 갑자기 화면에 누군가가 메시지를 쳤다.

[개발자 : 안녕하세요, 개발자입니다. 온 마음 다해 환영하고 축복합니다, 서예나 님]

진짜 뭐지. 요즘은 보이스 피싱을 이런 식으로 하나? 이렇게 다정하게 말을 건다고? 나는 화면에 뜨는 메시지를 가만히 바라만 보았다.

[개발자 : 예나 님은 지금 무척 어려운 상황에 처해 계시는군요. 코드 80647번. 마음의 공허감, 낮은 자존감과 충족되지 못한 애정욕구, 불안정한 자아 등으로 인한 거짓말에 관련된 내용이네요. 음, 인간에게서 종종 발생하는 코드죠. '조각게임'에 딱 맞는 코드이기도 하고요.]

개발자 뭐시기가 보내는 메시지는 점점 더 황당했다. 나 지금 꿈꾸는 건가.

[개발자 : 게임에 참가한다고 의사를 표명해 주시면 예나 님이 한 거짓말을 모두 없던 일로 만들어 드리죠. 게임에 실패한다고 해도 사라진 거짓말이 다시 돌아오지는 않습니다. 이건 참가자에게 주어지는 혜택 같은 거니까요. 단, 게임에 최선을 다하지 않으면… 그때는 모두 다시 돌아옵니다. 만약, 게임을 잘 마친다면 예나 님은 인생에서 아주 귀한 뭔가에 다가갈 수 있습니다. 어때요? 참가하시겠습니까? 선택은 예나 님의 몫입니다.]

이런 사기는 어디서 듣도 보도 못했다. 사기는 아닌 것 같은데, 그럼 대체 뭘까.

[개발자 : 당황스러운 건 이해합니다. 하지만 우리는 절대 예나 님에게 피해를 끼치는 존재가 아니에요. 오히려 아주 오래전부터 예나 님을 온 마음 다해 응원하고, 축복하고 있었답니다. 앞으로도 그럴 거고요.]

그 순간 채팅방에 호빵같이 생긴 이등신 캐릭터가 치어리더 옷을 입고 파이팅을 외치는 이모티콘이 뿅 올라왔다. 그 캐릭터 때문에 헛웃음이 터졌다.

[참가자 : 누구세요?]

어렵사리 한마디를 쳤다. 바로 개발자의 답장이 올라왔다.

[개발자 : 세상 누구보다 예나 님을 잘 아는 존재지요. 당신 머리카락 개수까지 안다고요. 참고로 8만 3242개랍니다.]

순간 김초아 전도사님이 떠올랐다. 어제 만났을 때 전

도사님이 이런 비슷한 말을 하지 않았었나. 혹시 전도사님 친구인가? 그렇게 생각하니 긴장이 조금 풀리는 것도 같았다.

[참가자 : 그 게임이라는 게… 대체 뭔데요?]

[개발자 : 다음 주 금요일 아침 8시가 되면 알게 될 거예요. 아, 마침 그날은 개학날이네요. 타이밍이 아주 좋은걸요?]

[참가자 : 참가하겠다고 말하면 정말로 제가 한 거짓말들이 다 없어지나요?]

[개발자 : 그럼요. 우리는 언약의 대명사랍니다. 약속은 꼭 지켜요. 게임을 대충 하지만 않으면 거짓말은 다시 돌아오지 않아요. 게임 자체에 실패한다고 하더라도요!]

마지막 메시지를 보면서 고민에 빠졌다. 지금 이 상황이 비현실적이라는 것도 알고, 굉장히 이상하다는 것도 알았지만 수상쩍은 지푸라기나마 잡고 싶은 마음이 일렁거렸다.

'어차피 다른 방법이 있는 것도 아니고.'

참가한다고 말한다고 해서 나쁠 건 없어 보였다. 질 나쁜 거짓말이나 속임수라고 한들, 참가한다는 말 한마디에 내가 무슨 대단한 피해를 입을 것 같지도 않았다.

　[참가자 : 참가할게요.]

　한마디를 올리자, 화면에서는 다시 팡파르 효과음이 들렸다.

　[개발자 : 좋아요. 게임이 시작되면 자세한 안내장을 보내 줄게요. 많이 지쳤을 테니 지금은 일단 다시 푹 자요. 아무 걱정 말아요. 게임이 시작되면 사람들은 예나 님이 한 거짓말을 기억하지 못할 테니까요.]

　마지막 메시지는 마치 귓가에 차분히 속삭이는 것처럼 다정하고 따뜻했다. 다시 스르르 잠이 오는 게 느껴졌다.
　'역시 이건 꿈이 아닐까. 이상한 나라의 앨리스랑 비슷한 그런 거?'
　기이한 평안함 속에서 든 생각은 그럴듯했다.
　해가 중천에 뜨고, 다시 눈을 떴을 때 나는 새벽녘의 기묘한 일을 선명하게 기억했다. 바로 문자메시지 함을 열었다. 메시지는 오간 데 없었다. 핸드폰에 깔렸던 이상한 어

플도 사라져 있었다. 그제야 모든 게 꿈이었음을 확신할
수 있었다. 한편으로는 다행이면서도 또 다른 한편으로는
절망적이었다. '거짓말을 없애 준다'는 그 말을 은근히 기
대했던 것이다. 나는 다시 암담한 어둠 속에 덩그러니 남
겨지고 말았다.

　남은 방학 내내 나는 이 어둠을 타개할 다양한 방법을
고민했다. 그러나 그 무엇도 마음에 들지 않았다. 그렇게
절망의 구렁텅이를 뱅뱅 돌다가 그날이 왔다. 8월 18일 금
요일. 개학날이었다.

　억지로 몸을 일으키는데 몸이 꼭 고철 덩어리 같았고,
학교까지 가는 길이 천근만근이었다. 마침내 교실 문 앞에
섰을 때는 정말로 도망가고 싶었다. 문에 손을 올렸다 놨
다를 반복하는데, 교실 안쪽에서 문이 덜컥 열렸다.

　"아~ 깜짝이야! 예나야, 왜 거기 그러고 서 있어?"

　안에서 나온 애는 박은영이었다. 반사적으로 몸이 움
츠러들었다.

　"엥? 너 어디 아파? 표정이 왜 그래?"

　"어?"

　"얼굴이 창백해. 보건실 갈래?"

　은영이가 걱정스러운 표정으로 나를 내려다보았다. 어

안이 벙벙했다. 이게 무슨 일이지? 혹시 보건실까지 나를 데려가서 괴롭히려는 건가?

"어? 너네 왜 그러고 있어?"

"힉— 예나 표정 왜 이래? 어디 아파?"

뒤에서는 성지와 세연이의 목소리가 들렸다. 돌아보니 그 애들도 방학 전처럼 아무런 거리낌이 없는 표정이었다. 마치 내가 거짓말을 한 적이 없었던 것처럼….

'설마…?'

그 이상한 꿈…! 조각게임이니 뭐니 했던 그 꿈이 퍼뜩 떠올랐다. 그건 꿈이었는데…. 이상한 문자도, 깔렸던 어플도 남아 있지 않았는데…. 그때 지잉, 하고 핸드폰이 울렸다. 문자였다.

[조각게임 안내장]

사람들은 모두 마음에 구멍을 가지고 있습니다. 반 친구들 중 한 사람의 조각을 찾아서 메워 주세요. 조각은 돈일 수도, 명예일 수도, 친구나 가족, 연인일 수도, 또 예측하기 어려운 무언가일 수도 있습니다. 그건 사람마다 다르니, 참가자님이 잘 찾아내셔야 합니다. 게임을 잘 마치면 인생에서 아주 귀한 뭔가를 얻게 될 것이고, 실패해도 페널티는 없습니다만 게임에 적극적으로 임하지 않을 시에는 없어졌던 거짓말이 다시 모두 돌아오게 된다는 것을 명심하세요.

문의 https://CORAMDEO.ly/7DAY

문자를 다 읽고 났을 때, 극심한 어지럼증을 느꼈다. 토할 것 같다고 생각한 순간, 나는 조금 휘청거렸고 애들이 놀라서 나를 붙잡았다.

'조각게임? 마음의 구멍? 그게 대체 어떻게 하는 건데.'

아찔함을 애써 털어 내고 고개를 들었다. 눈이 이상해진 것은 바로 그 순간이었다.

"어…?"

입에서 얼빠진 소리가 튀어나왔다.

"이게 뭐야…?"

눈에 보이는 것을 믿을 수가 없었다. 정말이지 꿈속에 있는 것 같았다. 여러 번 눈을 깜빡이고 비벼 보았지만 여전히 이상한 게 보였다. 친구들이 왜 그러냐며 더욱 걱정스러운 투로 물었다.

"너네는 저거 안 보여?"

내 목소리는 내가 들어도 공포에 질려 있었다. 애들은

영문을 모르겠다는 눈으로 쳐다봤다. 그러니까 애들 눈에는 저 구멍들이 보이지 않는 것이다. 반 애들의 가슴에 죄다 뚫려 있는 저 시커먼… 주먹만 한 구멍들이 말이다. 심지어 차성지, 박은영, 황세연, 이 세 명의 가슴에도 죄다 시꺼먼 구멍이 있었다. 비명 소리가 나올 것 같아서 입을 틀어막았다.

"어— 예나 왔구나? 엥? 예나 왜 그래? 컨디션 안 좋아?"

교실 안에서 제 친구들과 떠들고 있던 한정원이 고개를 돌리다가 나를 발견하고는 손을 흔들며 말을 걸었다. 물론 나는 대답할 수 없었다. 그 한정원의 가슴에도 반 애들과 똑같은 구멍이 있었으니까.

나는 더 이상 어떤 말도 하지 못하고 도망치듯이 교실을 빠져나왔다. 복도를 지나는 동안 다른 반 애들의 가슴도 샅샅이 살펴보았으나, 다른 반 애들의 가슴은 멀쩡했다. 게임의 대상이 반 친구들이니 다른 반 애들의 구멍은 보지 못하는가 보다. 그 괴상하고 시꺼먼 구멍들이 보이지 않으니까 속이 조금 편해지는 듯했다.

"어? 서예나— 곧 종 치는데 너 어디 가냐?"

운동장에 발을 들이기 직전이었다. 중앙현관 앞에서

마주친 것은 진또, 진기준이었다. 그 애의 가슴에도 구멍이 있었다.

"우욱―!!"

기어코 구역질이 올라왔다. 나는 입을 막고 운동장으로 뛰어나갔다.

"뭐야… 내가 그렇게 토 나오는 얼굴은 아니지 않냐?"

뒤에서 진기준이 옆에 있는 애들에게 묻는 소리가 들렸다.

#10

집에 도착해서 속을 달래기 위해 차를 한잔 우려 마시고, 편한 옷으로 갈아입고, 침대에 누웠다. 한참을 그러고 있다가 다시 핸드폰을 확인했다. 이번에는 문자가 그대로 있었다.

'내가… 미쳤나…? 돌아 버린 건가?'

의심하면서도 문자에 있는 수상한 URL 주소를 눌렀다. 저번처럼 어플이 깔렸고, 순식간에 개발자와의 채팅창이 열렸다. 나는 바로 메시지를 쳤다.

[참가자 : 내가 미친 것 같아요.]

그래, 미치지 않고서야. 그러나 개발자는 내 말에는 아랑곳하지 않고, 자기 할 말을 했다.

[개발자 : 음, 예나 님은 아주 멀쩡하니까 걱정할 거 없어요. 시간이 좀 더 지나면 다 받아들이게 될 거예요. 자, 그럼 일단 게임에 쓸 수 있는 아이템을 하나 알려 줄게요. 어플 화면에 잘 보면, 인벤토리 창이 있고, 거기에 '우림둠밈'이라고 써 있죠? 그걸 눌러 봐요.]

개발자가 시키는 대로 '우림둠밈'이라는 글자 옆에 있는 돌멩이 모양의 아이콘을 누르자 간략한 설명이 떴다.

[우림둠밈 아이템]

단 한 번, 게임의 진행을 도와주는 아이템입니다.

단, 아이템을 사용하면 게임 기간이 종료된 이후로도

한 달 동안은 '지금의 눈'으로 세상을 보게 됩니다.

이 조건은 상황에 따라서 페널티가 될 수도 있고

오히려 도움이 될 수도 있습니다.

사용하시겠습니까?

개발자에게 대체 이건 또 뭐냐고 묻자 말 그대로 아이템이라고 했다. 사용하고 말고는 나의 자유니까 일단 이런 게 있다는 걸 알고 있으라고만 했다. 기가 막혔다. 내가 미쳐도 꽤 구체적으로 미친 모양이었다. 상상력이 좋은 편도 아닌데 어떻게 이런 식으로 미쳤는지 모르겠다. 설마 조현병인가 싶은 생각에까지 이르렀을 때 개발자가 또 한 번 채팅을 보냈다.

[개발자 : 예나 님은 멀쩡하다니까요. 내 말을 믿어요. 어차피 게임은 시작되었고, 거짓말은 정말 사라졌잖아요? 가슴에 보이는 구멍은 차차 익숙해질 거예요.]

이상하게 설득이 되는 말이었다. 내가 수긍하고 고개를 끄덕이자 또 어떻게 알았는지 개발자가 웃는 이모티콘을 보냈다.

[개발자 : 좋아요. 혹시 더 궁금한 건 없나요?]

나는 다시 한번 게임 안내 문자를 살폈다. 한 가지, 궁금한 내용이 있었다.

[참가자 : 게임을 잘 마치면 인생에서 아주 귀한 뭔가를 얻는다고 했는데 대체 그게 뭔가요? 로또 1등 당첨 번호라도 알려 주나요?]

바로 답이 왔다.

[개발자 : 정말 진귀한 것이지요. 게임을 잘 마치면 예나 님은 세상에서 가장 가치로운 지혜에 접근하게 될 거예요. 그건 본다고 해서 보이는 지혜가 아니고, 듣는다고 해서 들리는 지혜가 아니랍니다. 로또 1등 당첨 번호와는 비교도 할 수 없는 상 중의 상이라고요. 게다가 예나 님은 게임을 하기 전과는 다른 사람이 되어 있을 거예요.]

정말이지 그 어떤 말도 흥미롭지 않았다. 이렇게나 안 끌리는 상품이 또 있을까.

'괜히 물었네.'

크나큰 실망 속에서 어플을 닫았다. 다행히 처음보다는 마음이 많이 진정되어 있었다.

◆

　며칠이 지난 뒤에도 나의 세상에는 여전히 사람이 아니라 가슴 뚫린 좀비들이 살고 있었다. 정확히는 우리 반에 한해서.

　나는 타깃 한 명을 정하기 위해 반 애들… 아니 반의 좀비들을 열심히 관찰했다. 처음 하루, 이틀은 역겨워서 제대로 보는 것도 힘들었는데, 개발자의 말대로 곧 적응이 되기 시작했다. 그렇게 본격적으로 애들을 살펴보면서 몇 가지를 발견했다.

　일단, 딱 한 명만 빼고 모든 애들이 시커먼 구멍을 갖고 있다. 그중 몇 명은 그 구멍 안에 돌조각 같은 것이 끼워져 있다. 일곱 명의 애들이 돌조각을 갖고 있는데 모양도, 색깔도 모두 다르고, 모두 구멍에 딱 들어맞는 모양은 아니라서 검은 틈이 보기 싫게 드러나 있다.

　검은 틈조차 보이지 않는 애는 단 한 명이었다.

　'김단아… 쟤만 구멍에 딱 맞는 조각을 갖고 있네?'

　나와는 별로 친하지 않았다. 외모도 평범하고, 성격도 조용하고 얌전해서 전혀 튀지 않는 애였다.

　'누구는 조각이 있고, 누구는 조각이 없고… 또 누구는

마음에 딱 맞는 조각을 가졌고, 누구는 좀 다른 모양의 조각을 가졌고…. 대체 무슨 차이지?'

머리가 복잡했다. 고민해 봐야 알 수 없는 내용이었다. 나는 그런 궁금함 따위는 일단 뒤로 제쳐 놓고, 누구를 타깃으로 삼을지를 고민했다. 최종 물망에 올린 애들은 바로 내 친구 세 명과 한정원, 진기준이었다. 한정원과 진기준을 물망에 올린 이유는 간단했다. 궁금하니까.

'쟤네들은 도대체 왜 가슴에 구멍이 뚫려 있는 거지? 저렇게 인기 많은 애가? 저렇게 즐거워 보이는 애가?'

궁금하다 못해서 의심스러웠고, 또 은근하게 흥미가 돋았다. 이왕 해야 할 일이라면 적극적으로 하고 싶은 마음이 드는 상대를 고르는 게 나았다. 나는 3일을 더 고민하고 한정원을 타깃으로 삼았다. 역시 그 아이가 제일 구미가 당겼다.

"오 대박, 야 한정원, 너 살 더 빠졌냐?"

"진짜? 나 그래 보여? 아 너무 좋아."

"와 재수 없다. 원래도 말랐는데 완전 짜증 나네?"

그렇지 않아도 종종 시선에 걸렸던 아이를 타깃으로 삼기로 작정하고 나니 더욱 의식하게 된다. 어떻게 하면 저 아이의 구멍의 비밀을 알아낼 수 있을까.

'아, 눈 마주쳤다.'

멍하니 쳐다보고 있다가 눈이 마주쳤다. 기분이 나쁠 수도 있는데 한정원은 그런 기색 없이 생긋 웃어 주었다. 저 시선과 미소는 내가 자기 남자친구를 가지고 거짓말을 했다는 걸 전혀 몰라야만 나올 수 있는 표정이다.

이런 식으로 정말 나의 거짓말이 사라졌다는 걸 확인할 때마다 기분이 기묘했다. 16년 동안 쌓아 온 모든 이성과 상식을 버려야만 이 상황을 현실로 받아들일 수 있었기 때문이다.

'더 이상 생각하지 말고 받아들여, 서예나. 이미 이게 너의 현실이야.'

집에 돌아가는 길에는 노트를 한 권 샀다. 표지에 노트의 이름을 적었다. '좀비 관찰일지'. 그 아래에는 타깃을 적었다. 게임에 진지하게 임하기 위한 나의 첫 번째 노력이었다.

TARGET. 한정원

키 160 중반 추정. 몸무게 40 후반 추정. 성적은 중위권. 노래는 수준급. 춤은 실력자. 재작년 겨울 무렵 메가엔터

연습생으로 들어갔고, 아이돌 그룹 데뷔가 꿈. 토요일 포함해서 주 4일 연습실에 가고, 토요일은 오전 8시부터 오후 4시까지 수업을 듣는다고 함. 연습생이라서 연애 금지지만 윤태이랑 비밀리에 연애 중. 인스타 팔로워 만 5천 명. 성격은 밝고 활발하지만 가끔 과격하고 은근히 말을 툭툭 거칠게 할 때가 있음. 친구관계 매우 좋고, 주변에 사람이 끊이질 않음. 인싸 중에 인싸. 몸에 두르고 다니는 것들은 전부 고급 브랜드고 명품도 꽤 있음. 좋아하는 음식은 떡볶이인데 살찌면 안 되니까 자주 먹지는 못하는 듯함. 절친은 일진 김해은, 정수빈. 남자애들 중 절친은 우리 반에서 제일 잘생긴 서진하, 한상현. 그리고 절친 중의 절친은 초등학교 때부터 알았다는 진기준. 좋아하는 연예인은 소드. 그중에 박지한이 최애.

한정원에 대해서 적을 수 있는 것들은 이 정도였다.
'아무리 봐도 부족해 보이는 게 없는데.'
굳이 수상쩍은 걸 찾자면 가끔 급식을 먹은 뒤의 행방이 묘연하다는 건데, 얼핏 듣기로는 변비가 심해서 혼자 조용히 화장실을 다녀오는 거고, 민망해서 그냥 조용히 갔다 오는 거라는 이야기가 있었다. 이유가 있는 행동이니

특이점이라 하긴 어려웠다.

'미행이라도 해야 하나….'

학교 밖에서의 모습을 알려면 그 방법밖에는 없지 싶었다. SNS도 뒤질 만큼 뒤졌으나 딱히 이거다 싶은 내용은 없었다.

'미행을 하려면 약간의 변장도 필요할까?'

평범한 중학생이라면 절대 하지 않을 고민을 하면서 거울 앞에 섰다. 변장을 해볼 수 있는 건덕지라도 찾아보려던 건데, 뜬금없이 다른 게 거슬렸다. 내 가슴이었다. 그러니까 정확히는 내 가슴에는 보이지 않는 구멍 말이다.

'그러고 보니… 내 가슴의 구멍은 볼 수 없구나.'

나도 모르게 손이 가슴께로 올라갔다. 구멍 같은 건 느껴지지 않았다. 그냥 폭신하고 평범한 가슴이었다. 하지만 틀림없이 나도 텅 빈 마음을 갖고 있으리라. 어쩌면 우리 반의 그 일곱 명처럼 정체를 알 수 없는 돌조각을 끼우고 있을지도 모른다.

'나는 어떤 상태일까?'

괜히 마음에 바람이 새어 드는 기분이다. 만약 정말로 텅 비어 있는 상태라면 내 마음에 맞는 조각은 과연 무엇일까? 무엇으로 내 마음이 채워지는 걸까?

고민은 꼬리를 물고 이어지다가 문득 가족들을 생각하기에 이르렀다. 엄마와 아빠와 언니의 가슴은 과연 어떤 상태일까. 역시 모두 텅 빈 가슴을 가지고 있을까?

'세상 모든 사람들이 전부 이런 상태로 살아가는 건가? 마음에 구멍을 가지고…?'

나는 한동안 거울 앞을 떠나지 못하고 우두커니 서 있었다.

#11

한정원은 종례가 끝나기 무섭게 가방을 챙겨 메고, 제 친구들에게 급하게 인사를 했다. 서울역에 있는 소속사 연습실에 가는 날이었기 때문이다.

나는 대충 30초 정도를 속으로 세고 교실을 나왔다. 뒤에서 성지가 "예나야—!" 하고 불렀지만 못 들은 척하고 뛰었다. 다행히 한정원을 따라잡을 수 있었다. 한 10미터쯤 뒤에서 서서히 걸음을 늦추었다. 그러면서도 믿기지가 않았다. 세상에. 내가 누군가를 미행하게 될 줄이야. 이러다 들키면 뭐라고 얘길 할까. 심장이 쿵쿵 뛰었다.

조마조마했던 마음은 4호선 환승역인 충무로에 다다

라서야 조금 편안해졌다. 지하철 일곱 정거장을 지나는 동안까지도 한정원에게서 특별한 건 발견되지 않았다. 그 애는 역사에 있는 커다란 전신 거울 앞에서 몸을 이리저리 움직이면서 자기 모습을 한참 바라보다가 슬쩍 사진을 찍었고, 사진이 마음에 들지 않는지 인상을 확 쓰면서 다시 걸었다. 미행을 시작한 지 약 40분, 아직까지는 이런 평범한 모습 말고는 발견되는 게 없었다.

'하긴. 첫술에 배부르긴 힘들지. 게다가 고작 40분 가지고 뭘….'

지하철 개찰구 모퉁이에 숨은 채로 멀찍이 떨어진 한정원을 바라보고 있는 중이었다. 불현듯이 오싹한 느낌이 들었다. 누군가가 내 바로 뒤에 서 있다는 직감이 싹 스쳤다. 고개를 돌리기 전에 낮은 목소리가 먼저 귓가에 툭 내려앉았다.

"너 뭐 하냐?"

"으아…!!!!!"

비명이 터질 뻔했는데, 그가 내 입을 막는 것이 더 빨랐다.

"야, 야. 조용히 해. 기껏 미행해 놓고 다 들킬 셈이야?"

"으읍… 읍…"

"나야, 나. 진기준."

엥? 진기준? 슬쩍 고개를 돌려 쳐다보니, 정말로 진기준이었다. 짧은 반 삭발 머리에 무쌍인데도 부리부리한 눈, 특유의 장난스러운 표정. 내가 본인을 알아보는 듯하자, 진기준은 한 손으로 조용히 하라는 제스처를 하면서 막았던 입에서 손을 뗐다.

입이 자유로워졌는데도 나는 아무런 말을 할 수 없었다. 멍하니 그 애를 올려다볼 뿐이었다. 방금까지 미행을 하고 있는 사람이었는데, 순식간에 미행을 당한 사람이 되었다. 혼란스러움이 시선에 담겼는지, 내 눈을 마주 쳐다보던 진기준이 갑자기 푸핫— 웃음을 터뜨렸다.

"으하하하— 야, 서예나. 너 표정 지금 엄청 웃겨."

그제야 좀 정신이 돌아왔다. 무슨 상황인지 파악하려고 애를 쓰며 조심스럽게 입을 열었다.

"진기준… 네가… 어떻게 여기에 있어?"

"그러는 너는? 넌 왜 한정원 쫓아다니냐?"

여전히 웃음기가 남아 있는 표정과 목소리였다. 느릿하게 물어서 그런지 조금 놀리는 것 같기도 했고, 달리 들으면 상냥하게 들리기도 했다. 말투가 어찌되었든, 일단 질문의 내용은 당황스러웠다. 내가 대답하지 못하자, 진기준이 이어서 말했다.

"얼마 전부터 한정원이랑 같이 있으면 집요한 시선이 느껴지길래 뭔가 했는데 그게 너더라? 처음에는 거참 노골적으로 쳐다보네 하고 넘겼는데, 가만히 보니까 거의 한정원을 관찰하고 있더만. 그렇다고 한정원 추종자의 눈빛은 아닌 것 같고…. 그러니 내가 흥미가 생겨, 안 생겨? 완전 생기지. 얘 웃기네 하고 지켜봤는데 오늘은 한정원을 쫓아 나가는 것 같더라고. 어디까지 하나 궁금하고, 마침 할 일은 없고 해서 따라와 봤다."

설명은 깔끔했다.

'아이씨… 이 또라이가 진짜….'

누가 지었는지 별명 한번 잘 지었다. 진기준은 자기변명은 했으니, 이제 네 차례라는 듯이 쳐다봤다. 나도 정말로 무슨 말이라도 하고 싶었으나 생각나는 게 없었다. 대답하지 못하는 시간이 길어질수록 당혹감도 커졌다. 손이 파르르 떨렸다. 그 떨리는 손을 열심히 꼼지락거리면서 머리를 굴렸다. 진기준이 내 손을 쳐다보는 게 느껴졌다.

"그… 네가 오해를 한 것 같아. 내가 한정원을 좀 많이 쳐다봤을 수는 있는데… 너도 알다시피 정원이는 모두의 시선을 끄는 애고, 오늘 나는 한정원을 쫓아온 게 아니라

103

그냥…"

"그냥 뭐?"

"그냥… 그… 충무로에 핫한 카페가 있다고 해서… 놀러 온 거야."

"혼자서?"

그래, 내가 생각해도 터무니가 없다. 누가 들어도 수상쩍고, 아무 말이나 튀어나오는 대로 지껄인 것 같은 변명이었다.

"가끔 혼자서 어디론가 떠나고 싶을 때가 있잖아."

말을 할수록 뭔가가 잘못되어 간다. 아니나 다를까, 진기준은 처음엔 벙찐 표정이었다가 다시 또 풋, 웃음을 터뜨렸다. 그 틈을 타서 나는 빠르게 인사를 건넸다.

"그, 그럼 난 이만 가볼게— 안녕!"

후다닥 개찰구를 빠져나왔다. 다행히 진기준은 쫓아오지 않았다. 나는 충무로에서 을지로 3가까지 걸어 내려갔다. 걷는 동안 마음은 조금씩 진정되었으나 그만큼 수치스러웠다. 한정원을 관찰하고 미행까지 하는 걸 들키다니. 수치는 곱씹을수록 화가 되었다.

'나 진짜 뭐 하고 있는 거지?'

스스로가 바보같이 느껴졌다. 어차피 거짓말은 없어졌

고, 게임에 실패해도 거짓말이 다시 돌아오는 일은 없다고 했다. 굳이 이렇게까지 열심을 낼 이유가 없는 것이다. 아물론, 성공 여부와는 별개로 게임에 최선을 다하지 않으면 거짓말이 돌아온다는 조항이 있다. 그러나 내가 최선을 다했는지, 아닌지를 어떻게 안다고.

'될 대로 되라지 뭐.'

어차피 모든 게 최악이었다. 더 나빠질 곳이 있으리라고는 상상할 수 없었다.

#12

이후로 나는 한정원을 관찰하는 것을 그만두었다. 물론, 더 이상 미행 같은 것도 하지 않았다. 그랬는데도 진기준은 자꾸 뭔가를 기대하는 듯한 시선으로 나를 쳐다봤다. 그런 시선을 느낄 때마다 나는 속으로 코웃음을 쳤다. 이제는 그런 수상쩍은 관찰은 하지 않을 거다. 내가 어떤 행동도 하지 않으면 진기준의 흥미도 자연스럽게 사라질 터였다. 반 애들의 구멍이 여전히 거슬리지만, 이제 많이 익숙해졌고 무시하려면 무시할 수 있을 것 같기도 했다. 그냥 어떻게든 게임 종료 기간까지 버티기만 하면 된다. 그럼 결국은 내가 미친 건지, 아니면 정말 말로는 설명할 수 없는 신묘막측한 일이 일어난 건지 알게 되리라.

"얘들아, 정한사거리 근처에 크로플 맛집 생겼다는데 좀 멀긴 하지만 그래도 가볼래? 이번 주 토요일 어때?"

마음에 여유가 생기자 친구들에게 놀러 가자고 하는 것에도 거리낌이 없었다. 그간 '가슴 뚫린 좀비들의 세상'에 적응하느라 그리고 한정원을 관찰하느라 친구들과는 잘 어울리지 못했는데, 이참에 원래의 일상을 되찾아 보는 것도 좋을 듯했다. 애들은 기다렸다는 듯 환호했다.

◆

토요일에 애들을 만났을 때는 주중의 컨디션보다 훨씬 상태가 좋았다. 거짓말이 돌아올 기미는 전혀 보이지 않았다. 내 예상이 맞았다. 참가자가 최선을 다했는지 여부를 판가름할 방법은 역시 없는 것이다.

나는 자신만만하게 크로플 가게의 문을 열었다. 하얗게 도색한 깔끔하고 예쁜 문이 '딸랑' 소리를 내면서 열렸다. 오픈한 지 얼마 되지 않았는데도 손님이 많았다. 우리는 후다닥 자리부터 잡고, 각종 크로플을 빠르게 주문했다.

잠시 뒤에 진동벨이 울렸고, 나와 차성지가 메뉴를 가

지러 갔다. 가득 찬 쟁반을 들고 테이블로 돌아오는데 갑자기 성지가 덜컥 걸음을 멈췄다. 하마터면 등에 부딪힐 뻔했다.

"으앗— 깜짝이야! 갑자기 왜 그래?"

"야… 쟤, 걔 아니야?"

성지의 목소리는 조심스러웠다. 내 시선은 자연스럽게 성지의 눈짓이 가리키는 곳으로 옮겨 갔다.

"윤태이가 왜 여기 있지?"

내가 하고 싶은 질문이었다. 숨이 턱 막혔다. 심장이 빠르게 뛰었다. 성지가 갑자기 나를 빤히 쳐다보면서 고개를 갸웃거렸다.

"아, 뭐지? 너가 전에 윤태이에 대해서 뭐라고 했던 것 같은데…."

"어?"

"분명히 뭐가 있었는데."

쟁반을 든 손이 바르르 떨렸다. 딸기 라테가 넘칠 듯 말 듯 찰랑거리는 순간, 누군가가 윤태이의 옆자리에 풀썩 앉았다. 성지는 이번에도 "어?" 하고 의아한 소리를 냈다. 윤태이의 옆에 앉은 것이 바로 한정원이었기 때문이다. 갑자기 성지가 숨을 헉 들이켰다.

"미친, 야, 나 기억났어!"

"뭐, 뭐가?"

"윤태이랑 한정원이랑 사귀잖아! 그치? 그리고⋯ 그게 끝이 아니고⋯ 뭐가 더 있었는데⋯? 그게 뭐였지?"

나는 마음으로 비명을 질렀다. 내 생각이 틀렸다.

'으악. 제발⋯ 제발 스톱!! 제대로 할게요! 제대로 한다구요!!'

누구에게 애원하는지도 모르고 속으로 다짜고짜 애원했다. 툭 건드리면 눈물이 나올 정도로 간절했다. 지워진 거짓말을 추측하던 성지와 다시 눈이 마주쳤다. 성지가 눈을 여러 번 깜빡였다. 그러더니 나와 자기의 손에 들린 쟁반을 쳐다보았다.

"으− 무겁다. 얼른 가자."

성지는 마치 방금 전의 대화가 기억나지 않는 것처럼 빠르게 우리 테이블로 걸어갔다. 한정원과 윤태이를 봤다는 기억조차 사라진 것 같은 모습이었다. 나도 꿈을 꾸나, 싶은 심정으로 테이블로 돌아와서 쟁반을 내려놓았다. 차성지는 윤태이와 한정원을 본 것에 대해서 전혀 말을 꺼내지 않았다.

"야⋯ 너⋯ 방금 누구 봤는지 기억 안 나?"

차마 한정원과 윤태이의 이름을 꺼내지는 못하고 에둘러서 물었다.

"무슨 소리야? 우리 방금 윤태이랑 한정원 봤잖아. 근데 그게 뭐?"

"어? 아, 아니… 둘이 여기에 같이 있는 게 좀… 놀랍지 않아?"

"엥? 둘이 친하지 않았나? 친했던 것 같은데? 그러니까 윤태이가 여기로 놀러 왔겠지."

다른 애들의 반응도 딱 그 정도였다. 그제야 몸에 바짝 들어갔던 힘이 좀 풀렸다. 다행히 나의 간절한 마음이 어디로든 닿은 모양이었다.

기운이 쪽 빠졌다. 나는 애꿎은 크로플만 포크로 짓이기면서 활발하게 오가는 말들을 듣기만 했다.

"야야, 진기준도 왔다."

차성지의 말에 심장이 다시 한번 뜨끔했다. 반사적으로 고개를 확 돌렸다. 정말이었다. 진기준은 자연스럽게 한정원과 윤태이의 테이블로 가서 앉았다.

'아니, 쟤는 또 왜 등장하는 거야?!'

아주 작정하고 골탕을 먹는 날인 모양이다. 한 며칠 동안 게임에 소홀했던 대가치고는 혹독했다. 진기준까지 등장하다니. 물론, 짐작 가는 이유가 없지 않았다. 한정원과 윤태이가 사귀는 건 비밀이었고, 진기준은 한정원과 절친이니 둘의 비밀 데이트에 연막을 쳐주기 위해서 불려 나왔을 가능성이 있다. 물론, 내게는 그런 이유가 중요치 않았다. 나를 한정원 스토킹범으로 오해하고 있을 진기준이 여기에 있다는 그 자체가 부담이었다.

'아 미치겠네….'

원래 나는 진기준을 좋아했다. 이성적인 게 아니라 동경 같은 거였다. 특유의 유쾌함, 누구에게나 보여 주는 상냥함, 가끔 보이는 또라이 기질. 사람의 호감을 사는 그 모든 종류가 부러웠고 좋게 느껴졌다. 그러나 적어도 지금 같은 상황에선 달갑지 않다!

'제발 저 애들은 우리를 보지 못하길….'

그렇게 생각하면서 마지막으로 힐끔, 그쪽을 보았을 때 바로 그 순간에 정확히 진기준과 시선이 마주쳤다. 이건 진기준한테도 의외였는지, 그 애의 눈과 입이 동시에 벌어졌다. 그 표정이 의미심장한 미소로 바뀌는 데까지는 불과 몇 초가 걸리지 않았다. 한쪽 입꼬리가 비뚜름하게 올라가는 그 미소의 의미를 알 것 같았다.

'또 스토킹을 했다고 오해하는 거야….'

한숨이 절로 나왔다. 이래서야 조만간 서예나가 한정원 스토커라는 불명예스럽고 수상쩍은 소문이 퍼질지도 모른다.

'거짓말쟁이보다는 나은가.'

나은 쪽은 없었다. 어느 쪽도 마음을 무겁게 만들었다.

#13

크로플 가게에서의 끔찍한 경험이 있은 뒤로, 나는 다시 이 비현실적인 게임에 열심을 냈다. 잠깐 움츠러들었던 내가 활동을 재개하자 진기준은 그렇지 않아도 노골적이었던 흥미를 더욱 드러내었다. 이를테면 이런 거였다.

"나도 끼워 줘."

바쁘게 교실을 나가는 한정원의 뒤를 밟는 중이었다. 갑자기 불쑥 진기준이 끼어들었다. 인상을 팍 쓰고 올려다보자 진기준은 천연덕스럽게 어깨를 으쓱했다.

"나도 끼워 주라니까."

"뭘 끼워 달라는 거야?"

하마터면 너를 왜 끼워 주냐고 할 뻔했다. 나의 모른 척에도 진기준은 눈 하나 깜빡하지 않았다.

"너 한정원 쫓아다니잖아. 대체 왜 그러는지 궁금하고 너무 웃겨서 나도 끼고 싶어."

마냥 해맑은 얼굴로 사람 속을 뒤집어 놓는다. 필사적으로 무슨 말을 하는지 모르겠다는 듯이 굴었으나 진기준은 전혀 속는 것 같지 않았다.

"아니, 기준아… 네가 지금 뭔가 착각하고 있는 것 같아. 나 그런 거 아니야."

한정원이 점점 멀어졌다. 애가 탔다. 게임의 개발자가 내가 최선을 다하고 있지 않다고 판단할까 봐 걱정되었다. 그 애를 밀치고 지나갈 수는 없어서 반보 옆으로 발을 빼서 지나쳤다. 진기준은 긴 다리로 훌쩍 내 옆에 따라붙었다. 애초에 내 동의가 그렇게 중요하지는 않았던 것이다. 내가 걸음을 멈추자, 진기준은 같이 멈추고 순진무구한 표정을 지었다. 아무리 생각해도 이 애를 달고 한정원을 쫓아다닐 수는 없었다. 어찌해야 하나 고민하는 중에 머리를 번뜩 스치는 게 있었다.

'우림둠밈!'

그래, 그런 우스운 이름의 아이템이 있었다. 나는 핸드

폰에 깔린 조각게임 어플을 켰다. 거기서 인벤토리 창의
우림둠밈 아이콘을 눌렀다.

[우림둠밈 아이템]

단 한 번, 게임의 진행을 도와주는 아이템입니다.

단, 아이템을 사용하면 게임 기간이 종료된 이후로도

한 달 동안은 '지금의 눈'으로 세상을 보게 됩니다.

이 조건은 상황에 따라서 페널티가 될 수도 있고

오히려 도움이 될 수도 있습니다.

사용하시겠습니까?

[YES] [NO]

이전에 봤던 설명이 다시 떴다. 나는 과감하게 YES를
눌렀다.

'설마 하늘에서 갑자기 폭풍이 몰아쳐서 진기준을 어
디론가 데려간다거나….'

당연히 그런 일은 일어나지 않았다. 오히려 1분이 가
고, 2분이 갔는데도 아무런 조짐이 보이지 않았다. 진기준
은 여전히 옆에서 싱글싱글 웃는 낯으로 나를 따라왔다.
내가 할 수 있는 거라고는 최대한 걸음의 속도를 늦추는

것뿐이었다. 그렇게 갑갑하게 걷고 있는데, 맞은편에서 연인으로 보이는 남녀 한 쌍이 투덕거리면서 걸어왔다. 가까워질수록 언성이 커졌다.

"아니, 그래도 네가 거기서 그렇게 말하면 안 되지!"

여자가 빽 소리를 지르면서 옆으로 몸을 휙 돌렸다. 사건은 거기서 터졌다. 여자의 손에 들려 있던 테이크아웃 컵의 뚜껑이 톡 떨어졌다. 그러면서 음료가 좌악 쏟아졌는데 그게 하필이면 진기준 쪽이었다.

"으악!"

외마디 비명과 함께, 진기준은 음료를 뒤집어쓰고 말았다. 단 냄새가 풍기는 걸로 봐서는 그냥 커피가 아니라 시럽이 잔뜩 들어간 음료인 것 같았다. 하얀 교복 셔츠가 진한 베이지색으로 물들고 있었다. 마주 오던 한 쌍은 사색이 되어서 사과를 했고, 진기준은 절망적인 표정으로 길고 긴 한숨을 내쉬었다.

"야… 아무래도 오늘은 날이 아닌가 보다."

"어… 그래… 얼른 들어가 봐. 개미 꼬이겠다."

단내를 풍기며 돌아서는 모습이 안타까웠지만 내게는 잘된 일이었다. 우리두리인지, 우미두미인지 이름은 이상하지만 효과는 확실했다. 힘이 쭉 빠진 진기준의 뒷모습을 잠시 바라보다가 다시 고개를 돌렸다. 그사이에 한정원은 이미 거의 보이지 않을 지경까지 멀어져 있었다. 서둘러 뒤를 쫓았다.

거의 뛰다시피 해서 따라잡은 한정원은 엔터테인먼트 건물 앞에 도착하기 전까지 몇 번 발걸음을 멈췄는데, 한 번은 김밥집, 한 번은 포장마차, 마지막 한 번은 빵집이었다. 이전의 미행에서도 한정원은 이런 음식점을 쉽게 지나치지 못하고, 멀뚱히 바라보곤 했다. 그냥 배가 좀 고픈가 보다, 정도로 생각했기 때문에 특별히 눈여겨보지는 않았던 모습이었다.

'엥? 오늘은 들어가네?'

한정원은 빵 가게 안으로 들어가 빵 집게를 조심스럽게 들고 진열대 사이를 쭈뼛쭈뼛 걸으면서 빵을 하나, 둘 담았다. 처음에는 느릿하던 속도가 점점 빨라지더니, 어느새 쟁반이 빵으로 수북했다. 한정원은 계산한 빵을 들고 가게 구석에 앉았다. 몇 개를 먹고 가려는 모양이었다.

'오늘은 이쯤 하고 돌아갈까?'

배가 고팠고, 소득 없는 미행이 영 지루했다. 그런데 유리벽 안으로 보이는 한정원의 모습이 내 발목을 잡았다.

한정원은 빵을 엄청난 속도로 입에 밀어 넣고 있었다.

그랬다. 먹는다기보다는 '밀어 넣는 것'에 가까웠다. 입에 소스며 크림이 묻는데도 대충 닦고 게걸스럽게 먹었다. 마르고 청초한 아이가 그토록 꾸역꾸역 빵을 먹는 모습은 어딘지 기괴해 보이는 데가 있었다.

"뭐야… 며칠 굶은 사람처럼….''

쟁반에 쌓인 빵이 몇 개였는지는 정확히 모르지만 얼핏 보아도 대여섯 개는 족히 되어 보였는데, 그걸 엄청난 속도로 밀어 넣더니 결국은 다 먹었다. 몸에 딱 맞게 품을 줄인 교복 위로 툭 튀어나온 배가 보였다. 너무 기가 막혀서 멍하니 쳐다보고 있는데, 한동안 가만히 앉아 있던 한정원이 갑자기 자리에서 일어났다. 미행이 발각될까 봐 급히 시선을 돌렸다. 잠시 뒤에 다시 쳐다보니까 화장실로 들어가고 있었다.

"변비라는 소문도 다 헛소문인가 보네. 저렇게 먹자마자 신호가….''

미행을 하면서 알아낸 게 고작 한정원의 배변 활동이라니. 별로 알고 싶지도 않은 내용인 데다가 스스로가 한심하기까지 했다. 그래도 아까 빵을 밀어 넣는 장면은 의외의 소득이었다.

"근데, 얘 왜 안 나오냐.''

시간이 꽤 지났다. 설마 나오는 걸 내가 놓쳤나? 이만 돌아가야 하나. 조금 초조해질 즈음, 한정원이 나왔다. 눈가를 정리하듯 가만가만 두드리는데 얼핏 붉어 보였다. 울었나? 설마… 빵을 왕창 먹어 버린 게 속상해서? 하긴 연습생이니까 체중에 훨씬 더 예민하겠지.

"아휴… 연습생이 빡세긴 빡세네."

허락 없이 남의 비밀을 본 기분은 생각보다 찝찝했다. 미안한 마음도 좀 들어서 더 따라붙지 않고 집으로 돌아왔다. 한정원 관찰일지에는 오늘 발견한 내용이 한 줄 더 추가되었다.

가끔 폭식을 하는 듯하고, 많이 먹는 것에 죄책감을 가지고 있는 것 같음.

#14

오늘은 진기준이 쫓아오지 못하도록 교복 치마 밑에 체육복을 입고 종례가 끝나자마자 뛰어나왔다. 아예 한정원보다 먼저 서울역에 도착할 심산이었다. 작전은 성공했다. 진기준은 따라오지 못했고 한정원은 착실하게 서울역으로 왔다. 진기준도 똑같은 방법을 쓸 수 있으니 자주 사용하지는 못하겠지만 어쨌건 오늘은 무탈히 미행을 하게 된 것이다.

'혹시 오늘도 그 빵집을 가려나…?'

혹시가 역시라더니 한정원은 빵집 앞에서 주춤거렸다. 저번에 폭식이 터졌던 그 가게였다. 잠시 망설이던 한정원은 결국 가게 안으로 들어갔다.

'여기가 맛집이라고 하긴 하던데….'

저번에 한정원이 가게에 들어갔던 날, 돌아오면서 가게를 검색해 보았다. 요즘 인스타에서 핫한 서울역의 빵 카페였다.

'오늘은 나도 들어가 볼까?'

어차피 한정원은 저번과 마찬가지로 우걱우걱 먹을 거였고, 달리 더 특별한 발견은 없을 가능성이 컸다. 그럴 바에는 아예 들어가서 마주쳐 보는 것도 나쁘지 않다는 생각이 들었다. 우연을 가장한 만남을 시도해서 학교에서보다 친밀해지는 것도 좋은 작전이 될 거 같았다.

'에라 모르겠다.'

나는 과감하게 도전했다. 서울역 빵 카페에서 마주친다고 해서 같은 반 여자애가 자신을 미행했으리라고는 생각하기 어려울 것이다. 그렇다고 마냥 무턱대고 진입한 건 아니었다. 나름대로 대본을 짰다. '와, 정원아 여기서 만나네? 아니, 우리 언니가 고3인데 여기 시그니처 메뉴를 꼭 먹고 싶대서 사러 왔어. 너는 여기 무슨 일이야?' 나는 이 말을 여러 번 되뇌고 나서야 문을 열었다.

한정원은 벌써 계산을 마치고 구석 자리에 앉아서 빵

을 먹고 있었다. 타이밍이 좀 별로였다. 한 3분 정도만 일찍 들어왔어도 바로 말을 걸 수 있었을 텐데, 지금은 좀 곤란했다. 한정원이 어제처럼 꾸역꾸역 빵을 밀어 넣기 시작했기 때문이다.

'조금… 조금 천천히 먹을 때, 그때 말을 걸자.'

그렇게 결정하고 괜히 가게 안을 천천히 돌았다. 한정원이 먼저 나를 발견하고 말을 걸어 주기를 바라면서. 그러나 그 애의 시선은 빵에 붙어서 떨어질 줄을 몰랐다. 순식간에 빵 세 개를 흡입한 한정원은 먹다가 말고, 돌연 자리에서 일어났다. 핑크색 크림이 묻은 입가를 대충 문질러 닦고는 저번처럼 화장실로 향했다. 먹자마자 배변 신호라니, 무슨 소화 효소라도 먹는 건가.

'화장실에서 나오면 말을 걸어야겠다.'

한정원이 화장실에 있는 사이, 나는 시그니처 빵 두 개를 포장하고 한정원 근처에 자리를 잡았다. 그런데 도통 나올 기미가 보이지 않았다. 잠시 후 손님 한 명이 화장실 쪽에서 카운터로 급하게 다가왔다.

"저기요, 화장실에서 누가 토하는 것 같아요. 다른 화장실은 없나요?"

점원의 표정이 안 좋아졌다. 나도 점원처럼 얼굴이 찌

푸려졌다. 화장실을 차지하고 있는 게 한정원이었기 때문이다. 점원은 안에 계신 손님이 나오면 바로 환기를 시키고 탈취제를 뿌리겠노라 말하면서 손님을 달랬다. 나는 화장실 쪽으로 갔다. 가까워질수록 무슨 소리가 희미하게 들렸다.

─ 우웨에엑!

구역질 소리였다. 코를 훌쩍이는 소리도 들렸다.
그리고 욕설도.

─ 아 씨발! 목 아파!

곧 물 내리는 소리, 쏴아 하고 수돗물 떨어지는 소리가 들렸다. 모른 척하고 돌아가는 게 낫겠다는 생각이 들었지만 몸이 잽싸게 움직여지지가 않았다. 어설프게 돌아섰다가 한정원이 내 뒷모습을 보면 어쩌라고. 아니, 그렇다고 이렇게 정면으로 마주치는 것도 너무 안 좋다. 하지만 뒷모습은… 너무 도망가다 걸린 것 같지 않을까. 그렇게 갈팡질팡하는 사이에 문이 열렸다.

"어… 뭐야."

한정원은 문 앞에 있는 나를 보고 눈을 여러 번 깜빡였다. 그 커다란 눈은 살짝 충혈되었고, 눈물의 흔적이 엿보였다. 코도 빨갛고, 입술은 부어 있었다. 화장실 안에서 시큼하고 역한 냄새가 흘러나왔다.

"너 여기서 뭐 해?"

나는 가만히 시선을 내려서 그 애의 뻥 뚫린 가슴을 잠깐 쳐다보았다.

"아… 어… 그, 우리 언니가… 여기 빵이 먹고 싶다고 해가지고. 아, 우리 언니 고3이거든. 알잖아− 고3이면 한창 예민하고, 뭐냐 짜증도 많잖아… 그러니까 사다 주려고 들렀어."

가게에 들어오기 전 여러 번 연습한 보람이 하나도 없는 어벙한 투였다. 누가 들어도 급조했음을 눈치챌 것이다. 한정원은 눈을 깜빡이면서 머쓱한 표정을 지었다.

"아, 그래? 와 진짜 우연이네. 근데 밀가루라 그런지 여기 빵이 소화가 잘 안 된다. 나도 갑자기 체기가 느껴져서…. 너무 급하게 먹었나 봐."

한정원은 나보다는 태연하게 말했지만, 역시 급조한 느낌을 지울 수 없었다.

'너 혹시 늘 먹고 토해? 거식증이야?'

질문은 마음 안에서만 맴돌았다. 우리는 서로 어색한 미소를 지었다. 서로의 거짓말을 알고 있다는 느낌이 우리 사이를 맴돌았다. 한정원은 나를 지나치다가 문득 멈추고 내 얼굴을 쳐다봤다. 부은 입술이 뭔가 말할 듯이 움칠거렸다. 짧은 순간에 나는 한정원의 얼굴에서 초조함과 짜증을 읽었다. 그 애는 몇 초 정도 더 나를 응시하다가 곧, "아니다" 하고 지나쳤다.

나는 딱히 화장실을 가고 싶지는 않았지만 그렇다고 돌아갈 수도 없었기 때문에 일단 화장실로 들어갔다. 문을 닫기도 전에 악취가 코를 찔렀다. 이것도 한정원과는 너무도 어울리지 않았다. 한정원은 청초하고 시원한 숲의 향이 어울리는 아이다. 코를 막고, 변기에 앉으면서 숲의 향기와 악취의 간극에 대해 생각했다. 그 애의 구멍에 대해 생각했다.

사람들은 모두 마음에 구멍을 가지고 있습니다.

도대체 이 구멍의 정체가 뭐란 말인가. 한정원이 잃어버린 조각은 뭘까. 다이어트와 관련된 거? 외모에 대한 강박 같은 종류일까? 하지만 저렇게 예쁘고 완벽한데? 모두가 저 미모를 탐내는데? 그런 생각을 이어 가다가 문득,

'이게 정말 막아지기는 하는 걸까.'

하는 불쾌한 의문에 다다랐다. 문득 가슴이 시렸다. 보이지 않지만, 분명히 존재할 내 가슴의 구멍이 느껴졌다. 뻥 뚫린 구멍의 틈으로 다시 찬바람이 새어 드는 것 같았다. 몸이 부르르 떨렸다. 한번 의식하기 시작한 구멍의 존재는 집으로 돌아가는 내내 신경이 쓰였다. 한정원도 한정원이지만 정말로 내 마음의 조각은 무엇과 관련이 있을까.

'거짓말?'

그래, 이 모든 일의 시초였던 작은 거짓말들이 단서가 될지도 모른다. 무해하고 인간적인… 어쩌면 좀 귀엽게도 봐줄 수 있는 그런 거짓말들 말이다.

'왜 그랬을까?'

나는 왜 굳이 그런 거짓말을 했을까. 거짓말이 다 발각되었다는 걸 알게 된 날, 이미 한 차례 떠오른 질문이었다. 나는 '특별한 존재'이고 싶었다. 그냥 그뿐이었다.

"정말… 그거면 되는 거야?"

답답한 마음은 무심코 말로 툭 흘러나왔다. 내 앞에 서 있던 사람이 나를 힐끔 쳐다봤다. 그게 민망하지 않을 만

큼, 나는 생각에 빠져 있었다. 한정원은 그런 존재였다. 내가 되고 싶은 그런 사람. 그런데 그 애에게도 가슴에 구멍이 있다. 그럼 도대체 사람의 마음은 무엇으로 완전하게 채워지는 걸까?

– 이번 역은 홍제역, 홍제역입니다.

생각이 더욱 복잡해지려는 찰나, 내려야 할 역에 도착했다.

#15

'진기준이 필요해.'

상황이 역전되었다. 나에게는 진기준이 필요했다. 한정원 관찰일지에 더 이상 쓸 수 있는 새로운 내용이 없기 때문이었다. 한정원이 잔뜩 먹은 뒤에 토하는 습관이 있다는 걸 알게 된 이후로는 아무런 진전 없이 시간만 흘러가고 있었다.

게임에 실패한다고 해서 특별히 손해 보는 건 없다지만 고생고생하면서 여기까지 온 마당에 그 어떤 답도 얻지 못하고 이 기묘한 일을 끝내기는 싫었다. 마음의 구멍과 그 조각에 대한 의문을 조금이라도 해결하고 싶었다. 그러려면 진기준의 도움이 필요했다. 초등학생 때부터 한정원과 절친이었다는 진기준이라면 한정원의 마음 조각을 찾는 데에 중요한 단서를 줄 수 있을 거였다.

마음이 조급하니, 행동력이 늘었다. 금요일 종례 후, 어김없이 내 자리로 와서는 "오늘은 도망 안 가냐?"라고 묻는 진기준에게 지금까지와는 다른 반응으로 응수해 주었다.

"너, 내가 왜 그런 일을 하는지 궁금하지?"

이렇게 직접적으로 받아친 것은 처음이었다. 진기준은 눈을 반짝 빛냈다. 진도의 눈이었다.

"뭐야, 서예나. 며칠 사이에 더 재밌는 애가 됐네?"

"그래그래, 이게 퍽 즐거운 모양인데 내가 왜 그런 이상한 일을 했는지 알려 줄게. 내일, 서공고등학교 근처 투썸 카페로 와. 3시쯤."

"서공고등학교 근처? 왜 그렇게 멀리에서 봐?"

나는 일부러 길게 한숨을 푹 쉬었다.

"어휴, 당연히 비밀이니까 그렇지."

그러자 진기준은 함박웃음을 지었다.

"오, 그래. 이게 평범한 상황은 아니니까. 원래 흥미로운 건 비밀이거나 소문이잖아."

이런 모습을 보면 정말 그냥 성격 좋은 또라이가 맞는 것 같다. 나는 어느새 슬그머니 웃고 있었다. 참 오랜만에 아무 생각 없이 지어 보는 미소였다. 확실히 이게 진기준의 매력이었다. 가벼운 행동과 말로, 보는 사람까지 편하게 미소 짓게 하는 거. 물론 그 가벼운 행동으로 한정원 관찰을 방해했을 때는 짜증 났지만.

'이런 애는 대체 어떤 마음의 조각을 잃어버린 걸까.'

그러나 거기까지 신경 쓸 여력은 없었다.

◆

토요일에 나는 약속한 시간보다 30분 빨리 가서 앉아 있었다. 긴장하지 않고 작전대로 해내려면 마음의 준비가 필요했다. 머릿속으로 한 번 정도 시뮬레이션을 돌렸을 때, 진기준이 카페로 들어섰다.

"와, 서예나— 밖에서부터 너 보면서 들어왔는데, 너 표정 진짜 심각해. 뭐 얼마나 대단한 비밀이길래 표정이 그렇게 비장하냐?"

내 표정이 비장하다면, 진기준의 표정은 소풍 가는 어린애 같다.

"그래서 대체 뭔데? 뭔데 한정원한테서 눈을 못 떼고, 미행까지 하게 된 거야?"

바로 이렇게 물을 줄 알았다. 즉흥적이고 바로바로 반응하는 성격이니까. 나는 당황하지 않고, 생각해 둔 말을 능숙하게 던졌다.

"일단 너 먼저야."

진기준은 의아한 얼굴을 했다.

"너 먼저 정보를 줘야 돼."

"그게 무슨 말이야?"

"한정원에 대해서 알려 주는 게 먼저야. 나는 그다음에 말할 거야."

말투도 표정도 괜찮았다. 단지 손가락이 떨렸다. 아니, 떨렸다기보다는 제멋대로 꼼지락댔다. 긴장한 티가 날까 봐 빨리 주먹을 꽉 쥐었다. 진기준은 허– 하고 허탈한 한숨인지, 웃음인지를 터트렸다.

"뭘 알려 달라는 건데?"

잠시 후, 진기준이 등을 뒤로 물리면서 물었다.

"다른 애들은 모를 만한 그런 거… 일상 중에 발견하기 힘든 거."

순간 진기준은 경계하는 듯한 얼굴로 미소를 지었다.

"그런 걸 왜 알고 싶은 건데?"

"나한테는 엄청 중요한 문제야. 먼저 말해 주면 나도 알려 줄게."

이렇게 꾀면 분명히 어느 정도는 말해 줄 거라고 생각했다. 내가 아는 진기준은 자극에 약하고, 재밌는 것을 좋아하고, 가볍고 위트 있는 행동과 말이 특징이니까. 그런데 놀랍게도 단호하게 고개를 저었다. 약간 기분이 상한 것처럼 보이기도 했다.

"야, 내가 아무리 실없어 보여도 의리가 없는 건 아니야."

의외였다. 만약을 대비해서 이런 상황도 상상해 보지 않았더라면 틀림없이 어버버거렸을 것이다. 그러나 나는 '만에 하나'를 준비했고, 그 안에는 이렇듯 단호한 진기준도 들어 있었다. 이때 내가 할 수 있는 선택은 하나였다.

"나, 네 생각보다 많은 걸 알고 있어. 한정원에 대해서."

진기준은 다시 장난스럽게 눈썹을 들썩였다.

"걔가 철없고 짜증 나는 구석이 있긴 하지만 그렇다고 해서 특별히 감출 일이 많은 애는 아닌데, 대체 뭘 안다는 걸까?"

진기준과 한정원의 우정은 내 생각보다 견고한가 보

다. 내가 한정원의 폭식과 섭식장애에 가까운 토하는 습관을 알고 있다고 말한다면… 혹시 날 때릴까? 순간 그런 두려움이 들었다.

'에이 설마.'

애써 마음을 진정시키며 내가 알고 있는 한정원의 비밀을 슬쩍 던졌다. 미행을 하면서 발견한 것들이라고 덧붙이면서 눈치를 살폈는데, 내가 거기까지 알고 있다는 것에 좀 놀란 듯했지만 화가 난 것처럼 보이지는 않았다.

"내가 뭐 대단한 비밀까지 바라는 건 아니야. 그냥 한정원이 왜 그런지 정도만 알아도 괜찮아."

진기준은 계속 침묵을 지켰다. 내가 한 이야기를 곱씹는 듯했다. 혹시 진기준도 이것까진 몰랐나 하는 끔찍한 생각이 스쳤다. 만약 그렇다면 최악이었다. 남의 비밀을 멋대로 퍼뜨린 게 되니까. 이제껏 잘 유지하던 표정이 나도 모르게 흔들렸다. 진기준이 나의 동요를 알아채고 내 눈을 지그시 쳐다봤다.

"아, 아니… 내가 막 나쁜 짓을 하려고 그런 건 진짜 아니고… 사실은 한정원 도와주려고 그러는 거야. 내가 아직은 자세히는 설명 못 하는데… 진짜 걔한테 나쁘게 하려는 거 아니야."

결국은 호소하듯이 되고 말았다. 진기준은 내 말이 진짜인지 아닌지를 살피는지 나를 빤히 쳐다보았다. 그러고는 연신 꼼지락거리는 내 손가락으로 시선을 옮기더니 픽 웃었다.

"그래, 뭐, 너 같은 애가 딱히 나쁜 짓을 할 깜냥이 될 것 같지도 않고."

"그래, 바로 그거야!"

"그럼 대체 뭐 때문에 이런 이상한 짓들을 하는 거야?"

"그러니까 너가 먼저 말해 주면 나도 말해 준다니까?"

진기준은 음, 하고 마지막으로 고민하는 기색을 내비쳤다. 그러더니 결국은 다 귀찮다는 표정으로 말을 시작했다. 한정원에 대한 이야기였다.

한정원의 소속사가 11월 즈음에 1년 뒤 데뷔할 데뷔조를 뽑는다고 공표했다. 데뷔조 물망에 오른 연습생들은 모두 다 내로라하는 미모의 소유자였다. 마른 체형은 기본이고, 저마다 자신만의 강점을 지니고 있었다. 누구는 독보적인 분위기나 귀여움이 있고 누구는 발레를, 누구는 킥복싱을 할 줄 알았고, 누구는 전국노래자랑 대상 출신이었다. 물론 한정원도 춤이면 춤, 노래면 노래 모두 잘했지만 연습생들 사이에서는 평범한 수준인 모양이었다. 한정원이 그나마 좀 더 눈에 띄는 것은 연습생들 사이에서도 예쁘다고 말이 나오는 그 미모였다.

"그렇다 보니 애가 거기에 점점 더 집착하는 거지."

하기야 같은 분야에서 능력치를 한껏 올려놓은 애들 틈에서의 경쟁은 죽을 맛일 터였다. 없는 지방도 쥐어짜서 없애야 한다는 압박을 느낄 만큼.

"언제부턴가 애가 먹고 토하기 시작하더라. 데뷔 못 할까 봐 엄청 불안해하고. 걔가 또 자존심이 장난 아니거든. 같이 연습하던 애들이 데뷔조에 들었는데 자기는 연습생으로 남아 있다? 어휴, 그 꼴을 걔 성격에 어떻게 보고 있겠냐."

그렇다면 무사히 데뷔조에 들게 되면 그 마음도, 먹고 토하는 습관도 괜찮아지는 걸까. 차라리 그렇다면 그리 어려운 일은 아닐지도 모른다.

"그럼… 한정원은 데뷔조에 들면 행복할까?"

기대를 담아 묻자, 진기준은 바로 고개를 끄덕였다.

"그렇겠지? 걔가 얼굴 예뻐서 그냥 얼레벌레 연예인이나 해볼까 하는 게 아니야. 아홉 살 때부터 품은 꿈이었거든. 꽤 진지하다고."

비로소 구체적인 실마리가 잡히는 듯했다. 어릴 적부

터 바라 온 꿈. 그 꿈에 더 다가가게 된다면 한정원의 텅 빈 마음도 비로소 채워질 터였다. 진기준의 도움을 받기로 한 건 역시 아주 괜찮은 계획이었다. 나는 속으로 쾌재를 불렀다.

"고맙다 진기준. 진짜 도움이 많이 됐어. 아까도 말했듯이 한정원한테 절대 해를 끼치려는 게 아니니까 걱정하지 말고."

"어차피 해가 되지 않을 정도만 말해 준 거라서 걱정 안 해."

하기야 내용을 곱씹어 보면 그렇게 엄청난 비밀은 또 아니었다. 한정원의 폭식증과 먹고 토하는 습관을 이미 알고 있는 나에게는 중요한 참고자료 정도였다.

'그래, 진기준. 네가 정말 작정하고 비밀을 얘기했다면 윤태이와 한정원의 비밀 연애 이야기도 나왔어야지.'

나는 그렇게 생각하면서 자리에서 일어났다. 진기준이 눈썹을 찡그렸다.

"뭐야, 어디 가? 이제 니 차례야."

"걱정 마. 화장실 갔다 와서 말해 줄 테니까. 들을 준비나 하고 있어. 아, 케이크 하나 시킬까? 내가 살게."

케이크가 들어 있는 쇼케이스를 눈짓으로 가리키면서

말하자, 진기준은 의심을 거두고 "아이스박스 케이크로!" 하고 외쳤다. 케이크를 사서 친절하게 앞에 올려 두기까지 하자 완전히 믿는 눈치였다. 나는 화장실을 가는 척하면서 조용히 카페를 나왔다. 몇 분 뒤에 진기준에게서 전화가 세 통 왔고, 전부 무시했다. 그러자 메시지가 왔다.

　－ 너 나쁜 짓 할 깜냥 안 된다고 한 거 취소할게, 이 사기꾼아!

　나는 케이크 맛있게 먹고 가라고, 정보에 대한 성의 표시라고 답했다. 진기준은 '와 서예나 진짜 웃기네ㅋㅋㅋㅋ' 하고 다시 답을 보내 왔다. 그 메시지를 보는데, 내 입에서 실실 웃음이 나왔다. 진기준이 나를 재밌어하는 만큼, 나도 진기준이 좀 재밌었다. 다시 한번 마음속에, '대체 얘는 구멍의 조각이 뭘까?' 하는 의문이 쏙 올라왔다.

#16

 문제는 주말이 지난 후였다. 학교에서 진기준을 마주
치는 걸 매번 피할 수는 없었다. 물론 애쓰고 애써서 점심
시간까지는 어떻게 요리조리 잘 피해 다녔다. 쉬는 시간
종이 치기 무섭게 화장실로 달려가거나 수업 끝 무렵에 속
이 안 좋다고 보건실로 피신하거나 하는 식이었다. 점심시
간에도 친구들을 붙잡고 거의 달려가다시피 해서 급식을
먹었고, 마시듯이 밥을 먹은 이후에는 숙제를 아직 못 했
다고 핑계를 대고는 도서관으로 헐레벌떡 뛰었다.

 '오늘까지만 어떻게든 잘 피하면… 내일이면 진기준도
지치거나 뭐 그러지 않을까?'

가능성이 거의 없는 기대였지만, 당장 눈앞의 위기를 모면하는 게 더 급했다.

일단 진기준이 도서관을 찾아올 가능성은 거의 없었다. 그 애는 노는 걸 좋아했다. 점심시간만큼은 나를 쫓아오는 것보다 제 친구들과 신나게 노는 걸 선택할 애였다. 나는 후다닥 도서관으로 들어가서 노트를 펼쳤다.

한정원 데뷔조 프로젝트

새로운 장의 첫 줄에 적은 문장이었다. 조각의 실마리를 얻었으니, 이제 실행할 차례였다.

'언니가 뭐라고 했었지?'

지난 토요일 밤에 나는 오랜만에 언니의 방문을 두드렸다. 인터넷 강의를 듣고 있던 언니는, 다소 날이 선 표정과 목소리로 무슨 일이냐고 물었다. 그러나 내가 "언니, 연습생 좋아해 본 적 있어?" 하고 물으니까 눈을 반짝 빛냈다. 과연 연예인 덕질에 일가견이 있는 사람다웠다.

— 트위터에서 관심이 가는 아이돌 연습생을 발견해서…. 애가 엄청 귀엽더라고.

언니는 누구냐며 궁금해했다. 대상은 미리 알아두었다. 사진을 보여 주자 언니는 흐음 하고 고개를 끄덕였다.

— 잘생긴 건 아닌데, 귀엽네. 데뷔하면 인기 많겠다. 병크*만 없으면.
— 연습생이 데뷔하려면 팬들이 어떻게 서포트해 주는 게 좋아?
— 이미 데뷔조 들어간 것 같은데? 공식 계정도 있잖아.

역시 덕질을 오래 한 사람은 달랐다. 나는 그래도 데뷔하기 전까지는 어떻게 될지 모르는 거 아니냐고 억지를 부리면서 팬으로서 서포트할 방법을 알려 달라고 졸랐다. 언니는 본인이 소드의 박지한을 지지할 때 어떻게 했는지를 알려 줬다.

언니가 말해 준 이야기를 떠올리면서 노트에 하나하나 적어 내려갔다. 일단 다 적고 이 중에서 돈이 드는 것부터 자르고, 실현 가능한 것들 위주로 시도해 볼 작정이었

---

* 병맛(바보 같은 행동) 크리티컬을 줄인 표현. 보통 유명인이 사고를 쳐서 팬들이 떠나갈 때, '병크 터뜨렸다'라는 표현을 씀.

다. 열심히 쓰고 있는데, 불쑥 커다란 손이 노트 위를 침범했다.

"으악!"

깜짝 놀라서 소리를 지르고 말았다. 주변에서 나를 힐끔 쳐다봤다. 그사이 멋대로 침범한 손은 또 멋대로 내 노트를 슥 가져갔다. 돌아보니, 역시 진기준이었다.

"야, 뭐 하는 거야?!"

도서관이라 크게 소리를 지르지는 못하고 소곤소곤 작은 소리로 나무랐다. 진기준은 어깨를 한 번 으쓱 올렸다 내렸다.

"뭐 하긴. 정당한 대가를 받기 위해서 사기꾼을 쫓아왔지."

그렇게 말하면 또 할 말이 없었다. 진기준은 내 노트를 눈으로 읽으면서 말했다.

"약속 지켜. 안 그러면 이거 한정원한테 가져간다?"

"어?"

"이야― 진짜 노골적으로 썼네. '한정원 데뷔조 프로젝트'? 얼레? 이 앞쪽에 이거는 무슨 말이야? 좀비 관찰일지? 챕터 한정원?"

으악. 이번에는 속으로 비명이 나왔다. 노트를 빼앗으

141

려고 손을 뻗었으나, 호락호락 뺏길 리가 없다. 진기준은 그걸 유유히 품에 안고, 오늘 방과 후에 잠깐 볼 생각이 있는지를 물었다. 당연히 싫었지만 그랬다가는 노트가 한정원의 손에 들어가게 될 터였다. 대답을 하지 못하자 진기준은 만족스럽게 웃었다.

"학교 끝나고, 저번에 그 투썸에서 봐."

"너무 멀어."

"어휴— 비밀 얘기 할 거잖아."

진기준은 저번에 내가 했던 말을 그대로 돌려주었다. 내가 선택할 수 있는 건 없었다.

◆

그리하여 불과 이틀 만에, 우리는 다시 카페에 마주 앉았다. 진기준은 먼저 와 있었고, 음료와 케이크를 사주는 여유도 보였다.

"자, 이제 얘기해 봐. 한정원한테 왜 그렇게 집착하는 거야?"

진기준은 노트를 팔랑팔랑 넘기면서 약을 올렸다.

사실대로 말해 봐야 믿지도 못할 거면서 집요하기는

엄청 집요하다. 그러나 납득할 만한 대답을 내놓지 못하면 저 노트를 한정원에게 넘길 거였다. 그런 최악의 상황을 막기 위해서 오는 길 내내 머리를 굴려야 했다.

"내가 사실… 한정원 팬이야!"

진기준은 대번에 인상을 썼다.

"나 정원이 덕질도 해! 걔는 나한테 같은 반 친구가 아니라 동경의 대상 그 자체야. 처음에는 그냥 예쁘고 멋지다 생각했는데 보면 볼수록 매력적이고, 얘가 꼭 데뷔를 했으면 좋겠고, 계속 응원하고 싶고…. SNS도 찾아보게 되고 그런단 말이야."

말을 할수록 진기준의 표정은 점점 더 안 좋아졌다. 마지막에는 혀를 쏙 빼고, 우엑 하고 토하는 시늉을 했다.

"너 지금 한정원을 같은 반 친구로 보는 게 아니라 진짜 연예인으로 본다 이거야?"

내가 생각해도 이상하긴 했다. 아무리 연습생이라지만, 같은 반 친구를 연예인으로서 동경해서 팬질, 덕질을 하는 건 좀 징그럽게 느껴졌다. 하지만 이 이상의 변명은 도무지 떠오르지 않았다. 얼굴이 빨개지는 게 여실히 느껴졌지만 모른 척하고 뻔뻔하게 고개를 끄덕였다. 진기준은 좀 고민하는가 싶더니 결국은 고개를 끄덕거렸다.

"뭐, 그래. 그런 얘기 하는 애들이 있기는 했다. 한정원 팬이라고. 근데 너만큼 열렬했던 애는 없어서 내가 좀 당황스럽네."

당황스럽겠지. 나도 당황스러우니까.

나는 끝까지 포커 페이스를 유지하려고 노력하면서 설명을 이어 나갔다. 그래서 한정원을 응원하는 거다, 나는 한정원이 데뷔조에 들 수 있도록 뒤에서 서포트할 거다, 꼭 연설하듯이 늘어놓으니 진기준도 점점 감화가 되는 것 같았다. 마지막에 진기준은 선심 쓰듯이 외쳤다.

"그래! 좋아! 그렇다면 나도 같이 애써 줄게! 내가 한정원 소꿉친구이자 절친 아니냐. 같은 반 친구도 이렇게 지지를 아끼지 않는데 명색이 한정원 절친인 내가 가만히 있을 순 없지!"

아니… 그렇게까지 할 건 없는데….

급조한 변명은 생각보다 효과가 너무 좋았다. 진기준은 잔뜩 신이 나서는 그럼 이번 주말에 만나서 '한정원 데뷔조 만들기 프로젝트'를 같이 짜보자면서 즐거워했다. 마땅히 거절할 핑계가 없었다. 애써 웃으면서 좋다고 했지만 틀림없이 어색한 미소였을 것이다.

카페에서 나올 때까지만 해도 난감했다. 그러나 집에

도착했을 때는 생각이 조금 바뀌어 있었다. 한정원이 데뷔조에 들 가능성을 높이려면, 그래서 결국 한정원의 마음을 채우려면 누구한테라도 도움 받는 게 나을지도 모른다. 그게 한정원을 잘 아는 진기준이라면 확실히 도움이 될 거였다. 따지고 보면 나쁜 상황은 아닌 것이다.

'아니, 오히려 좋지. 같이 있다 보면 일타쌍피로 진기준의 마음 조각도 알아낼지 모르잖아.'

그 애의 휑한 가슴이 생각났다. 한정원의 단서는 찾았지만, 진기준은 정말 모르겠다. 진기준을 대할 때마다 한정원을 처음 관찰할 때와 같은 막막함과 궁금함이 수면 위로 올라오는 걸 막기 어려웠다. 그 애를 더 알고 싶었다.

#17

토요일에 다시 카페에서 만난 진기준은 자신의 생각을
적극적으로 어필했다.

"야, 그래서 내가 구체적인 방법을 좀 생각해 봤거든?"

진기준은 생각보다도 더 이 프로젝트에 진심이었다.
그대로 두면 콧노래도 부를 것 같았다. 필체를 바꿔 팬레
터를 써서 소속사에 보내자는 이야기, 한정원과 같이 틱톡
챌린지를 해서 데뷔 전부터 유명세를 누리도록 하자는 이
야기, 소속사 앞에 찾아가서 응원 슬로건을 들고 서 있자
는 제안까지….

"아, 한정원 멘털 관리에도 직접적인 도움을 주면 좋을

것 같아."

이건 또 무슨 말인가. 의아함을 담아서 바라보자 진기준은 설명을 이어 갔다.

"알다시피, 얘가 지금 빡센 경쟁 때문에 멘털이 좀 갈렸잖아. 먹고 토할 정도로. 그러니까 걔가 자존감을 조금이라도 되찾을 수 있도록 도와주자는 거지. 칭찬이나 응원… 뭐 그런 거."

그 작전은 너무 낯간지러운 것 같으면서도 가장 간단하고 실행해 보기에 좋게 느껴졌다. 다만 좀 약하다 싶은 생각도 들었다.

"좋다. 근데 그게 실질적으로 얼마나 도움이 되겠어."

솔직하게 말하자 진기준은 에이— 하고 대번에 내 의견을 잘랐다.

"서예나 헛똑똑이네. 이런 게 의외로 진짜 중요한 거다? 누군가가 나를 온전하게 지지해 준다는 게 얼마나 위로가 되는 줄 아냐? 반대로 그런 사람이 없으면 진짜…."

진기준은 말끝을 흐리면서 할 말을 골랐다.

"숨이 턱 막히지."

꼭 그런 기분을 알고 있는 사람처럼 말해서 당혹스러웠다. 진기준 주변에는 늘 사람이 많았다. 선생님도 진기준을 재밌어했고, 일진 같은 애들도, 반대로 조용한 아이들도 진기준한테는 편하게 말을 건넸다. 그런 진기준이 이런 말을 한다는 게 어딘지 아귀가 안 맞게 느껴졌다.

"네가 그런 기분을 알아?"

정말로 의아해서 물었다. 진기준은 순간 주춤했으나 순순히 대답했다.

"아니까 말하겠지? 그거 엄청 숨 막혀."

무거운 내용의 이야기를 한없이 가벼운 투로 중얼거렸다. 언제나처럼 씩− 웃기도 했으나, 그 미소는 어쩐지 좀 피곤해 보였다. 농담인지 아닌지 분간을 해야 하는 걸까. 표정을 보면 농담인데 말의 내용은 가볍지 않아서 헷갈렸다. 진기준이 어깨를 으쓱했다.

"내가 이런 얘기 하니까 이상해?"

"조금?"

그러자 진기준은 하하, 하고 웃었다. 그러고는 슬쩍 다른 이야기로 넘어갔다.

그날 이후로, 진기준은 간혹 비슷한 종류의 다른 모습을 내비치곤 했다. 그건 의도했다기보다는 무심코 툭툭 내뱉는 말과 분위기에서 느껴졌다. 아주 우연히 '숨이 막혀'라는 속내를 흘렸을 때처럼.

"야, 한정원은 진짜 좋겠다."

커뮤니티에 올릴 한정원 홍보 자료를 만들면서 농담처럼 흘렸던 마음도 그랬다.

"자기를 이렇게 지지하고 응원하는 사람이 최소한 둘이나 있다니. 진짜 한정원 데뷔하면 워커힐에서 뷔페 쏘라고 해야겠어. 이건 그 정도는 얻어먹어야 마땅한 일이야."

"에이, 진또 너도 인기 많잖아."

진기준은 고개를 끄덕였다. 본인의 인기를 모르지 않을 테니까. 다만, 그 뒤에는 뭔가 석연치 않은 듯이 입을 다물었다. 그 타이밍에 그 정적은 좀 묘했다.

"왜 갑자기 조용해?"

묻지 않을 수 없었다. 진기준은 가볍게 혀를 차면서 별거 아니라는 듯이 대답했다.

"그래도 좀 허해."

"그게 무슨 말이야?"

이번에는 바로 대답하지 않았다. 또 어물쩍 다른 말로 넘어갔다. 문득, 진기준에 대한 정의를 새롭게 정립할 필요가 있지 않은가 하는 생각이 스쳤다. 그동안 내가 알고 있던 진기준은 '진또' 그 자체였다. 사람들에게 호감을 사고, 가볍고 유쾌한 장난을 치고, 즉흥적이고, 고민 하나 없이 해맑은 그런 애. 그게 진기준의 이미지였다. 그런데 아무래도 그게 전부는 아닌 모양이다. 혹시 이게 구멍의 단서가 아닐까. 급격히 신경이 쓰이기 시작했다.

"아… 신경 쓰여."

마음의 소리가 입 밖으로 툭 튀어나왔다. 진기준이 엥, 하고 나를 돌아봤다. 잠깐 눈을 깜빡이더니 과장되게 몸을 뒤로 물렸다.

"너 나 신경 쓰여?"

"뭐?"

"아 또 이 미친 매력이 흘러나왔네. 야, 미안하다 서예나— 내가 의도한 게 아니라—"

진지하게 흘러가던 마음이 대번에 구겨졌다.

"야! 너 진짜 미친놈이야?"

짜증스럽게 대꾸하자 진기준은 또 낄낄 웃었다. 정말 다채로운 또라이다.

"발끈하는 걸 보니 더 수상한데. 역시 나 의식하느라 표정이 그런 거…"

"와— 진짜 또라이."

다른 의미로 다시 머리가 지끈거렸다. 그냥 이 애의 구멍에는 관여하지 않는 게 좋을 것 같다. 자꾸 신경 쓰이지만 않는다면 말이다.

'아니, 근데… 신경이 쓰인다고.'

같이 있는 동안 그 애의 구멍으로 자꾸 시선이 가는 걸 막을 길이 없었다.

◆

다행히 한정원의 조각을 찾아가는 일은 순조로웠다. 차라리 데뷔조가 빨리 발표되면 좋겠다는 마음마저 들었다. 진기준의 말에 의하면 데뷔조 발표는 11월 초였다. 게임이 11월 18일에 종료되니까 그전에는 결과를 알 수 있겠지. 앞으로 한 달 정도가 남아 있었다.

남은 시간을 헤아리면서 가방을 챙겼다. 친구들과 함께 하교를 하려던 중이었다.

"아, 예나야!"

한정원이 뜬금없이 나를 불렀다. 나도, 친구들도 동시에 한정원을 쳐다봤다. 여름방학 이후로 딱히 친하게 어울린 적이 없는데, 갑자기 친근하게 불러서 좀 당황스러웠다. 나도 모르게 진기준을 쳐다봤다. 진기준은 모르는 일인 양 순진무구한 표정을 지으며 교실을 나갔다. 설마. 진짜 설마 진기준이 내가 한정원 정보를 캤던 일을 말한 건 아니겠지, 실수로라도? 끔찍한 상상을 하면서 한정원의 낯빛을 살폈다. 딱히 어떤 기색도 읽을 수가 없었다. 한정원이 손짓으로 나를 불렀다. 그러나 막상 다가가자 왜인지 슬쩍 시선을 피했다.

"있잖아…"

한정원의 머리카락이 스르륵 내려와서 내 어깨와 팔에 닿았다. 괜히 심장이 콩콩 뛰었다.

"너, 내 팬이라며?"

엥?

"진또가 말해 줬어. 네가 내 팬이라고, 빨리 데뷔했으면 좋겠다고 했다며."

나는 당황해서 쉽사리 대답하지 못했다. 한정원은 씩— 웃으면서 내 손을 꽉 잡았다.

"너 그래서 나한테 소드 운동화도 팔고, 키링도 줬구나?!"

"어? 아, 어어…."

"어쩐지. 단순한 친절치고는 좀 과하다고 생각했어. 설마 그럼 저번에 그 빵 카페 온 것도 너네 언니 때문이 아니라 나 때문이야? 내가 거기 가끔 가는 거 알고?"

오해가 점점 커지고 있었다. 한정원은 묘하게 기분이 좋아 보였다. 그래, 뭐 이런 오해는 나쁠 게 없다. 내가 어설프게 고개를 끄덕이자 한정원은 맑게 웃었다.

"와… 진짜 고맙다 서예나. 내 친구들이야 항상 내 팬이라고, 빨리 데뷔하라고 하지만 이렇게 뒤에서 조용히 응원해 주는 사람이 있는 줄은 몰랐네."

내 손을 잡은 한정원의 손에 힘이 꽉 들어갔다. 그 작은 손에서 느껴지는 에너지와 따뜻함은 그동안 한정원을 보면서 알아채지 못했던 것이었다.

"나 진짜 열심히 해서 꼭 데뷔 성공할게. 아, 그리고…"

한정원은 다시 내 귓가로 몸을 기울였다. 다시 한번 훅 느껴지는 시원한 향과 사라락 닿는 그 애의 머리카락이 좋았다.

"나 토하는 거… 소문 안 낸 것도 고맙다."

조금 뜨끔했다. 진기준에게 말한 전적이 있으니까. 다행히 그 애도 이미 아는 사실이었지만.

할 말을 마친 한정원은 즐겁게 교실을 나갔다. 나는 내 친구들이 다가오기 전까지 한정원이 나간 자리를 물끄러미 바라보면서 손을 주물렀다. 그 애가 남긴 온기와 에너지의 여운이 꽤 길었다.

#18

"한정원 멘털 케어 하기로 했잖아."

한정원에게 왜 굳이 그런 이야기를 했냐고 따져 묻자, 진기준은 뭐가 문제냐는 식으로 대꾸했다.

"결과적으로 도움이 됐잖아. 걔가 좋아하는 거 못 봤어?" 하고 덧붙이는데 달리 할 말이 없었다. 한정원은 정말로 기뻐 보였으니까.

"누군가가 진심으로 자신을 응원한다는 걸 알면 더 힘이 날 것 같았어. 그래서 말해 준 거야."

진심으로, 라는 단어가 영 불편했다. 기쁨을 담아 마주치던 눈과 내 손을 붙잡았던 손을 떠올리자 더더욱.

'뭐… 지금부터라도 진심으로 응원하면 되지.'

그런데 이런 말을 하면서 진기준의 표정은 왜 저렇게 미묘한 거야. 약간 쓸쓸한 낯빛이라고 할까. 이번에도 나는 그 분위기에 대해서는 말하지 못하고 준비해 온 편지지를 내밀었다. 오늘은 소속사로 보낼 한정원 팬레터를 쓰는 날이다.

우리는 마주 보고 앉아서 한정원에게 애정을 담은 글을 적었다. 진심으로 적어 보려고 하니 쓰는 게 쉽지 않았다. 그 애에 대해서 많은 것을 알고 있었지만 진짜로 그 애를 아는 것과는 결이 달랐다. 내가 느릿하게 몇 자를 적는 동안, 진기준은 막힘없이 글을 써 내려갔다. 그게 퍽 신기해서 슬쩍 곁눈질을 했다.

처음에는 SNS에서 그저 스치듯이 보게 된 연습생에 불과했습니다. 그냥 열심히 하는 학생이구나, 힘들 텐데도 생글생글 웃으면서 잘한다, 예쁘다 정도의 인상이었어요. 분명히 딱 그 정도였는데 바로 다음 날 아침에 불현듯이 정원 님이 생각나는 겁니다. 어쩌면 눈빛 때문이었는지도 모르겠어요. 예쁘게 웃으면서 격렬한 안무를 소화할 때, 그 눈빛에서 느껴지는 어떤 강렬함이 있었거든요.

"야, 너 매끄럽게 잘 쓴다."

진기준은 그제야 내가 엿본 것을 알아채고는 머쓱한 표정으로 편지지를 가렸다.

"와ー 매너 똥이네. 편지를 훔쳐보냐."

가린 손 틈으로 글씨가 살짝 보였다. 글씨체도 정갈한 편이었다.

"글씨도 예쁘고? 진짜 잘 썼어. 너 설마 책 많이 읽어?"

"야, 혹시도 아니고, 설마 책 많이 읽냐니. 넌 나를 어떻게 보는 거냐?"

진기준은 어이없다는 듯이, 그러나 자연스럽게 말을 이었다.

"내가 은근히 이지적인 면이 있어요. easy 아니고, 이성과 지혜! 인텔리전스!"

"인텔리전트가 더 맞는 표현이다."

"아 그래? 뭐 어쨌든 나 책도 꽤 읽고, 글도 쓴다고. 일기나 산문 같은 거."

세상에나, 진또가 글이라니. 지금까지 진기준에 대해서 새로이 알게 된 부분 중에서 가장 충격적이었다.

"와 진짜 안 어울려. 왜 하는 건데? 취미야?"

진기준은 고개를 끄덕였다.

"마음이 답답할 때 뭐라도 쓰면 생각도 좀 정리가 되고 마음도 한결 풀리니까."

"음? 어떨 때 그렇게 답답한데?"

질문은 자연스러웠다. 진기준은 잠시 눈을 끔뻑거리다가 곧 자신의 페이스를 되찾고는 입꼬리를 씩 올렸다.

"질문이 존나 서정적이네."

이번에도 어물쩍 말을 돌릴 것 같아서 나는 다시 한번 물었다.

"네 대답이 먼저 서정적이었거든? 아니, 진짜로 너같이 대책 없이 해맑은 애는 언제 마음이 답답한 거야, 도대체? 그럴 틈이 있긴 해?"

일부러 나도 장난스럽게 물었다. 그 덕인지 진기준은 순순히 고개를 끄덕였다.

"아무에게도 내 마음을 털어놓을 수 없을 때가 있지."

아무에게도, 라는 말은 진또와는 어울리지 않았고, 또 외롭게 들렸다. 사람들에게 둘러싸여 있으면서 마음을 털어놓을 수 없다니. 빤히 쳐다보자 그 애는 어휴, 하고 과장되게 한숨을 쉬었다.

"나 진또잖아, 진또. 사람들이 좋아하는 내 모습은 그 모습이란 말이야. 자유롭고, 유쾌하고, 재밌고, 약간 또라이 기질까지 있는 진기준."

사람들이 다 나를 그렇게 알고 있으니까 어느 순간부터는 진지한 모습은 잘 안 보이게 되더라, 하고 말하는 진기준은 특유의 밝은 억양과 과장된 제스처 때문에 그 순간조차도 가벼워 보였다.

"예전에 친구들한테 어쩌다 힘든 이야기를 꺼낸 적이 있는데, 짜식들이 처음에는 장난인 줄 알더라고. 그다음엔 조금 당황스러워하고. 어울리지 않는다나. 그게 좀 마음에 남았는지, 표현을 잘 안 하게 돼."

진기준은 결국은 그게 습관처럼 굳어진 것 같다고 했다. 문득 한정원이 생각났다.

"한정원이랑 절친이라며. 걔한테도 얘기를 못 하는 거야?"

내가 묻자 진기준은 푸핫− 웃었다.

"야, 너는 걔를 그렇게 관찰하고도 아직 걔를 모르냐? 한정원은 자기 코가 석 자야. 남 일에는 관심도 별로 없고, 신경 쓰지도 않아. 그런 애한테 내가 얘기를 하겠냐?"

"그럼 부모님한테는?"

왠지 이런 애는 부모님하고도 사이가 좋을 것 같았다.

생각과 달리 진기준은 허를 찔린 표정을 지었다. 잠깐

이지만 순식간에 굳어졌던 표정을 애써 푸는 모습을 보니, 내가 어떤 버튼을 누른 모양이었다.

"우리 부모님은… 음… 나하곤 너무 달라. 선의 이 끝과 저 끝이라고 보면 돼. 어렸을 때는 사이가 괜찮았거든? 근데 중학생이 되면서 뭔가 조금씩 어긋나기 시작하더라. 나는 꼭 공부가 아니더라도 좋은 미래를 개척할 수 있다고 생각하거든. 근데 우리 부모님은 일단은 공부를 좀 해놓는 게 중요하다고 생각해. 나는 좀 더 자유롭게 놀고 경험하면서 내 미래를 탐색하고 싶은데 부모님은 '이제 중학생이 됐는데 아직도 저러나—' 싶은지 잔소리가 자꾸 는단 말이지. 그러면서 교회 잘 다니고 공부도 잘하는 애랑 은근히 비교를 하더라니까. 아, 우리 집이 교회를 다니거든. 엄마, 아빠는 집사님, 장로님이고…. 아무튼 이런 식이라서 짜증이 난다고."

그러면서 진기준은 크게 한숨을 쉬었다.

"그리고 교회에서 비전이나 열정 같은 설교를 듣고 오는 날이면 꼭 나한테 연설을 한다? 하나님의 자녀는 무엇에든지 열심히 해야 한다, 지금 너는 학생의 자리에 있으니까 학생의 본분인 공부에 힘써야 하는 거다, 꿈이 없는 백성은 망한다더라, 하면서 말이지. 그래, 말이야 맞는 말이라고 치자고. 근데 나는 그게 강요나 나에 대한 불만으로 느껴진다고. 나한테는 내 속도가 있는 거고, 내 스타일이 있는 거잖아. 안 그래? 어휴, 지금 말하면서도 답답하다. 뭐 어쨌든, 이런 식으로 계속 부딪치다 보니까 부모님이랑 뭘 더 얘기하고 싶지도 않고, 교회도 가기 싫고─ 그렇게 되더라고."

진기준은 말을 마치고는 으─ 하면서 고개를 흔들었다. 나는 열심히 고개를 끄덕이면서 등을 토닥여 주었다.

"그래서 너는 그렇게 답답할 때마다 일기나 산문을 쓴다고?"

부끄러워하겠지 생각했는데 진기준은 자신 있게 고개를 끄덕였다. 역시 범상치 않다. 보통은 민망한 기색이라도 보일 텐데.

"보여 줄 수 있어?"

이번에는 또 바로 대답이 안 나온다. 직접 보여 주는 건 제 아무리 진또라도 낯부끄러운 모양이다.

"너… 나한테 관심이 좀 과하다?"

"어. 신경 쓰인다고 했잖아. 그러니까 좀 보여 줄래? 너 같은 애가 쓰는 글은 어떤지 궁금해 죽겠거든."

도리어 뻔뻔하게 나가자 진기준은 "나도 난데, 너도 참

너다"라는 말을 구태여 붙이면서 핸드폰을 내밀었다. 파일이 여러 개였다. 대충 봐도 50개는 되어 보였다. 제목은 한결같이 좀 어두운 느낌이었다. 블랙홀, 터널, 페르소나, 틈, 선⋯ 이런 제목들이 주르륵 이어졌다.

그중 몇 개를 택해서 진지하게 읽었다. 쓴 글의 문장과 문장, 단어와 단어 사이에는 진기준의 숨이 있었다. 숨 쉴 틈 말이다. 외롭고 답답한 마음의 흔적이 있었다. 나는 그 글에 감탄하면서도 뻔한 감상보다는 질문을 던졌다.

"만약 네가 '구멍'이라는 주제로 글을 쓴다면 어떨 것 같아?"

진기준은 대번에 흥미로운 티를 냈다. 그 애의 입술이 달싹거렸다. 말이 나오기 전에 내가 먼저 덧붙였다.

"만약 사람들이 마음에 모두 텅 빈 구멍을 가지고 살아간다면, 네 마음에도 있을 그 구멍은 뭘로 채울 수 있을까?"

다른 애들이었다면 이상한 질문을 한다고 당황스러워하거나 오글거린다면서 한바탕 웃음을 터뜨렸을 것이다. 진기준은 그러지 않았다. 곱씹듯이 천천히 눈을 깜빡였을 뿐이다.

#19

다시 한 주가 지났다. 한정원 데뷔조 프로젝트는 여전히 진행 중이었고, 진기준과 나는 토요일 저녁 무렵에 어김없이 카페에서 만났다. 진기준은 자리에 앉자마자 이렇게 말했다.

"만약 사람들이 마음에 모두 텅 빈 구멍을 가지고 살아간다면, 네 마음에도 있을 그 구멍은 뭘로 채울 수 있을까?"

한 주 전에 내가 던졌던 질문을 토씨 하나 틀리지 않고 그대로 돌려주었다. 답을 바라는 뉘앙스는 아니었다. 본인이 숙고한 답을 이야기하려고 던진 화두였고, 그건 내가 바라던 바였다.

"한 주 동안 고민해 봤는데… 나는 그냥 나를 있는 그
대로 봐주는 사람이 있으면 되겠더라."

말하면서 눈이 마주쳤다. 우리는 지금까지 비밀이라고
할 수 있을 만한 이야기들을 많이 해왔다. 진기준은 꼭 그
중에서도 가장 큰 비밀을 얘기하듯 나를 쳐다보았다.

"있는 그대로 봐준다?"

"응, 내 말을 조용히 들어 주고, 자기 기대나 생각과 달
라도… 그래도 받아들여 주는 거."

짐작하지 못한 답은 아니었다. 그런데도 막상 들으니,
괜히 가슴이 찡했다. 더없이 유쾌해 보이던 진기준의 속내
가 안타까웠다. 혼자서 그런 묘한 감정을 곱씹고 있는데,
갑자기 진기준이 "야, 근데—" 하고 새롭게 운을 떼었다.

"네 질문을 가지고 고민을 하다 보니까 말이지."

눈빛에 그새 장난스러운 기색이 어렸다. 무슨 말을 하
려고 이러나. 진기준은 그렇게 몇 초간 더 빤히 쳐다보다
가 손가락을 딱— 튕겼다.

"찾은 것 같더라고."

"어?"

무엇을, 이라고 묻기도 전에 진기준이 내 쪽으로 훅—

몸을 기울이더니 눈을 굴려 나를 바라보다가 씩 웃었다. 진또의 웃음이었다.

"야, 너다."

처음에는 의미가 제대로 다가오지 않았다. 진기준이 다시 한번 "너야 서예나" 하고 말했을 때, 그제야 비로소 무엇을 말하는지 이해했다.

"어? 나?"

손가락으로 나 자신을 가리키면서 되물었다. 멍청해 보였을 것이다. 과연 진기준은 그런 날 보고 또 킥킥 웃어 댔다.

"사실 요즘 마음이 영 답답했거든."

그 애는 그제야 몸을 다시 뒤로 물렸다.

"부모님이랑 사이도 서먹하고, 학교에서는 여전히 생각 없이 밝은 이미지고, 일상에서 그렇게 즐겁거나 획기적인 일이 있는 것도 아니고. 근데, 너랑 좀 친해지면서 일상이 한 톤 더 밝아졌어. 처음에는 그냥 애가 재밌네, 엉뚱하네 싶었는데 어느 순간부터 너랑 있을 때는 내가 좀… 편하더라고?"

진기준이 나에 대해서 그렇게 느끼고 있는 줄은 미처 몰랐다. 그냥 나를 재밌어하는 줄로만 알았다.

"왜일까 생각해 봤는데… 가만 보니까 너는 내 얘기를 제법 가만히 들어 줘. 그래서 편했나 봐. 내가 마냥 밝고 유쾌한 인간이 아니어도 그러려니 할 것 같아서."

진기준이 그렇게 느꼈다면 그건 아마도 내가 사람의 마음에 있는 구멍을 볼 수 있기 때문이겠지. 완벽해 보이는 사람한테도 구멍이 있다는 걸 알게 된 마당에, 진기준이 이미지와 다르다고 한들 실망할 이유가 없다. 그보다는 궁금했다. 마냥 밝고 부족함이 없어 보이는 이 애의 조각은 무엇일까.

'아 구멍…!'

그러고 보니 구멍은 어떻게 되었나. 반사적으로 그 애의 가슴을 내려다보았다.

"앗!!"

시선을 떨어뜨리자마자 비명이 터졌다. 놀랍게도 방금까지 시꺼멓게 뚫려 있던 구멍에는 영롱한 초록빛깔의 거북이 등껍질 모양 돌조각이 하나 들어차 있었다. 동그란 구멍에 딱 맞는 모양은 아니었으나 확실하게 무언가가 생겨난 것이다. 나는 다시 비명을 지르지 않기 위해서 입을 꽉 틀어막아야 했다. 진기준이 "또 뭘 그렇게까지 놀라ー" 하면서 당혹스러워했다. 그 순간에 테이블에 올려 둔 핸드폰에서 지잉— 하고 진동이 울렸다.

'설마…?'

몸이 먼저 움직였다. 나는 어쩌면 내 인생에서 제일 재빨랐을 만큼 빠르게 핸드폰을 들었다. 덜덜 떨리는 손가락으로 문자를 확인했다. 제일 위에는 오색빛깔로 현란하게 꾸며진 〈축하합니다〉라는 다섯 글자가 떠 있었다. 그 아래로는 진부하고 유난한 축하 문구들이 적혀 있었다.

짝짝짝!! 조각게임 성공을 축하합니다!!!

예나 님은 정말 성실하게 게임에 참여했고,

그 덕에 게임이 종료되기까지 2주 반이 남았음에도

멋지게 게임에 성공하셨습니다!!

온 마음 다해 축하와 축복을 전합니다.

머리가 멍했다. 눈으로 훑어 읽은 글자들은 머리에 들어오지 않고 어딘가로 빠져나갔다. 두 번, 세 번 읽어도 여전히 흐리멍덩했다.

"역시 매너가 똥이라니까."

진기준이 휴우 한숨을 내쉬었다. 나는 그제야 어벙하게 고개를 들어서 그 애를 쳐다봤다.

"도대체 무슨 문자길래 그렇게 정신을 뺏긴 거야? 내가 방금 전에 엄청나게 감동적인 말을 했다는 건 기억이나 하고?"

아, 그래. 진기준이 중요한 말을 했지. 자기를 있는 그대로 봐주는 사람이 바로 나라는 말. 나는 한 번 더 그 애의 가슴을 쳐다봤다. 다시 봐도 초록빛깔 돌조각이 들어차 있었다. 그러니까 정말로 내가 진기준의 조각을 찾아 준 것이다. 심지어 그 조각이라는 게 나라는 사람이었다. 심장이 어딘가로 덜컥 떨어지는 듯했다. 나도 모르게 가슴께를 손으로 꾹 눌렀다.

"그렇다고 반하지는 말고. 위 아 저스트 프렌드. 존나 절친. 찐친. 오케이?"

진기준의 실없는 소리가 그나마 유일하게 현실감을 느끼게 해주었다.

"어… 알지, 알지. 땡큐, 땡큐. 나도 영광이다, 진또야."

얼떨떨한 마음을 가눌 길 없어서 바보같이 대꾸했다. 진기준은 처음에는 으하하— 웃었으나, 이후로도 내가 좀처럼 멍한 상태에서 벗어나지 못하자 나중에는 걱정스러운 얼굴로 나를 쳐다봤다.

"내 발언이 그렇게나 충격적이었냐?"

나는 그냥 멍청하게 고개를 끄덕였다.

◆

멍한 기분은 집에 돌아와서도 이어졌다. 언니가 힐긋 보고 어디 아프냐고 물었다. 나사가 하나 빠진 듯한 상태로 저녁을 먹고, 씻고, 일찍 누웠다.

마음속에서는 끊임없이 '이제 정말 끝인가? 내가 정말 성공했나? 앞으로는 어떤 일이 벌어지는 거지?' 하는 질문이 맴돌았다. 누운 채로 시간만 흘러갔다. 잠이 전혀 오지 않았다.

'나 성공한 거 맞지…?'

이렇게 의도치 않게 갑자기 성공을 해도 되는 것인가. 더구나 애초에 타깃이었던 한정원이 아니라 얻어 걸린 진기준이라니. 아무래도 찜찜했다. 이렇게 혼자 땅을 파고 있을 게 아니라 확인을 해야 했다. 다행히 아직 어플은 남아 있었다. 개발자는 언제고 내가 질문을 하면 바로 답을 주었으니, 이번에도 그럴 것이었다.

[참가자 : 저기요, 저 성공한 거 맞죠?]

168

[개발자 : 그럼요, 예나 님! 문자 받으셨지요? 아주 멋지게 성공
했습니다!]

과연 답은 즉시 왔다. 그런데도 어쩐지 석연치가 않아
서 다시 채팅을 보냈다.

[참가자 : 그럼 이제 거짓말이 되돌아올 걱정은 안 해도 되나요?]
[개발자 : 물론입니다. 아이템을 사용했기 때문에 게임 종료 후에
도 반 친구들의 구멍이 여전히 보이겠지만, 한 달이 지나면 깔끔
하게 원래대로 돌아올 거예요. 남은 거라고는 그것뿐이에요. 걱
정하지 않아도 됩니다.]

확답의 확답이었다.

'그러면… 이제 진짜 끝인 거지? 안심해도 되겠지?'

개발자가 확답한 내용을 여러 번 들여다보았다. 잠은
여전히 오지 않았지만 점차로 마음에 안정이 찾아왔다. 이
제껏 긴장하고 있던 몸에서 힘이 쭉 빠졌다.

"와… 미쳤다. 이걸 해내다니."

그제야 진기준의 마음에 돌조각이 차오르던 순간이 다
시 떠올랐다. 아까는 경악할 정도로 당황스러웠는데, 지금

다시 상기해 보니 그건 꽤 경이로운 광경이었다. "야, 너다"라고 말하면서 씩 웃던 그 모습이 근사했던 것 같기도 하다. 누군가의 마음이 빠듯하게 채워지는 건 정말 멋진 일이구나. 더구나 그 조각이 나라니. 내가 누군가에게 이토록 놀라운 일을 일으키다니.

'멋지다….'

입에서 흐흐, 웃음이 흘러나왔다. 진기준의 초록색 조각이 내 머릿속에서 전기구이 통닭처럼 빙글빙글 돌아가고 있었다.

'어? 근데 한정원은?'

정신이 번쩍 들었다. 누워 있던 몸을 일으켜 세웠다.

"한정원! 걔는 또 어쩌지?"

그 애의 수려한 미모와 쾌활한 태도, 숲 향기가 차례로 떠오르다가 마지막에는 빵집 화장실에서 토를 하고 나온 모습이, 부은 눈가와 입가가 떠올랐다. 왜 그게 마지막으로 떠올랐을까, 의문을 삼키면서 한정원에 대한 마음의 결정을 내렸다. 다행히 그리 길지 않은 고민이었다.

#20

"서예나, 나 좀 도와줘라."

진기준이 불쑥 자리로 다가왔다. 나는 그 애의 얼굴보다 먼저 가슴을 보았다. 거북이 등껍질 모양은 여전히 자리를 잘 잡고 있었다. 벌써 며칠째 보는지라 이제는 친숙하기까지 했다. 이상한 말이지만, 모양도 맞지 않는 구멍에 잘 들어가 있는 조각이 기특하게 느껴지기도 했다. 좀더 익숙해졌다가는 진기준 가슴에 대고 "안녕" 하고 말이라도 걸 것 같았다.

"내 교복에 뭐 묻었어? 왜 내 가슴팍을…."

"아, 뭐 묻은 줄 알았는데 잘못 봤어. 그래서 뭘 도와

달라고?"

진기준은 설명도 없이 내 책상에 과학 활동지 한 묶음을 턱— 올렸다. 그걸 들고 복도로 따라 나갔다.

"한정원 커스텀 배지 주문제작 넣기로 한 거 어디까지 됐어?"

진기준이 물었다.

팬레터에 이어서 이번에는 한정원을 커스텀한 배지를 소속사로 보내기로 했던 것이다.

'에효. 나도 참 사서 고생이다.'

사서 고생, 이 말이 딱 맞았다. 이미 게임에 성공했는데도 한정원 조각까지 찾기로 마음을 먹었으니 말이다. 이유는 두 가지였다. 하나는 이제 와서 그만두는 걸 진기준에게 설명할 길이 없기 때문이었고, 다른 하나는 팬을 해줘서 고맙다며 내 손을 꽉 잡았던 한정원의 온기 때문이었다. 손끝에 제법 오래 감돌았던 그 온기.

"일단 디자인부터 따는 중이야."

나는 한정원의 마음 조각을 상상하면서 배지 디자인을 고민했다. 그러다 보면 괜히 심장이 콩콩 뛰었다.

'누군가의 마음이 채워지기를 기대하는 게 이렇게 설렐 수 있다니.'

생각지도 못했던 기쁨이었다. 어쩌면 이게 개발자가 말한 보상인지도 모른다. 세상에서 가장 가치로운 지혜에 다가가고 다른 내가 될 거라던 말. 그때나 지금이나 별로 매력적이지 않은 말이었지만… 의외로 나쁘지 않았다. 아니, 솔직히 말하면 꽤 괜찮다.

'한정원 데뷔도 성공해서 그 애의 마음이 채워지는 걸 볼 수 있다면 더 좋겠지.'

◆

오래지 않아 날은 티가 나게 쌀쌀해졌다. 2주가 순식간에 흘러가고 '게임 종료일'이 3일 앞으로 다가왔다. 아이템을 쓴 대가로 눈은 한 달 더 텅 빈 가슴들을 볼 터였지만 공식적인 게임 종료가 얼마 남지 않았다는 것만으로도 기뻤다. 때마침 진기준이 가져온 소식은 나를 더욱 설레게 했다.

"토요일 오전에 데뷔조 발표한대. 혹시 떨어질까 봐 아무한테도 얘기 안 한 것 같아."

진기준한테도 말을 안 하려고 하는 것을 며칠이나 바득바득 긁어서 알아낸 모양이었다. 토요일이라면 공교롭게도 게임 종료 당일이었다.

토요일 오전에 나와 진기준은 일찍부터 만났다. 우리가 늘 회의를 하던 그 카페였다. 진기준이 핸드폰을 테이블 중앙에 올려 두었다. 우리는 대학 추가합격 연락을 기다리는 사람들처럼 숨을 죽이고 핸드폰만 쳐다봤다. 10시가 지나고, 11시가 지나가도 핸드폰은 잠잠했다. 오후로 넘어갈 즈음이 되자 불안한 마음이 고개를 들었다.

'떨어진 거 아니야?!'

이럴 수가. 그건 안 될 말이었다. 우리가 한 고생도 고생이지만, 한정원은 어떡하라고. 설마 데뷔조에 못 든다고 영원히 구멍을 메우지 못하게 되는 건 아니겠지. 핸드폰 화면에 한정원의 이름이 뜬 것은 1시 50분 즈음이었다. 우리는 벼락을 맞은 사람처럼 퍼드득 놀랐다. 진기준은 스피커폰을 하고 전화를 받았다.

"어, 야. 어떻게 됐어?"

전화기 너머에서는 아무런 대답이 없었다. 말 그대로 숨 막히는 침묵이었다. 한정원은 한참 만에 긴 한숨을 쉬었다.

— 만나서 얘기하자. 너 서예나랑 같이 있다고 했지? 둘

174

다 서울역 쏘핫피자로 와.

딱 그 말뿐이었다. 전화는 무심하게 끊어졌다. 나와 진기준은 아무런 말도 못하고 서로를 쳐다봤다. 우리는 곧 약속이라도 한 것처럼 벌떡 일어나서 우당탕쿵쾅 뛰어나갔다.

가게에 고고한 자세로 혼자 앉아 있던 한정원은 허겁지겁 들어오는 우리를 발견하고 바로 눈물을 터뜨렸다. 나는 그 눈물보다 한정원의 가슴에 들어찬 분홍색의 성게 모양 돌조각을 먼저 발견했다. 온몸에 오소소 소름이 돋았다. 두피까지 짜릿했다. 한정원은 계속 눈물을 떨구면서 내게 연신 고맙다고 했다.

"네가 내 팬이라고 한 게 엄청 힘이 됐어. 고맙다, 서예나. 내가 진짜 데뷔를 한 뒤에도 계속 내 팬인 거다? 변심은 없는 거야, 알지?"

긴장은 풀리고, 목표를 달성한 기쁨은 컸다. 그래서 그런지 식사는 소란스러웠다. 식사를 마치고 한정원은 소속사로 돌아갔다. 집으로 돌아오는 길에도 나와 진기준은 "내 친구가 연예인이라니!" 하면서 계속 호들갑을 떨었다. 그렇게 여전히 들뜬 상태로 홍제역에 도착했을 때였다.

175

"아, 근데 우리 더 할 얘기가 있지 않냐?"

진기준이 갑자기 새로운 물꼬를 텄다. 영문을 알 수 없었다. 우리가 중요하게 할 얘기가 있었나. 아무리 생각해도 떠오르지 않아서 고개를 갸웃하자 진기준은 여유로운 미소를 지었다.

"이제 사실대로 말해 봐."

나는 말을 좀 알아듣게 해달라는 항의를 눈빛에 담아서 진기준을 쳐다봤다.

"한정원을 쫓아다닌 진짜 이유 말이야. 팬이라서 쫓아다녔다는 말, 사실이 아니라는 거 알아."

으악. 으악. 으악.

몸속에서 비명이 터져 나왔다. 너무 놀라서 걷던 걸음마저 멈추었다. 두어 걸음을 더 걸어 나간 진기준은 뒤를 돌아보면서 "어디 카페라도 다시 갈래?" 하고 물었다.

"어?"

"뭐가 '어?'야. 이 사기꾼아. 나 진기준이야. 내가 설마 그 어설픈 거짓말을 몰랐을까."

씨익 웃는 얼굴이 그 어떤 날보다 더 얄미웠다. 내가 아무런 반응도 못 하고 손가락만 꼼지락대고 있자, 그 애는 내 어깨에 가볍게 팔을 둘렀다.

"너는 당황하면 꼭 그렇게 손을 만지더라. 진짜 뻔하다, 뻔해."

"야, 잠깐, 잠깐만."

"자, 가자. 저기 맥도날드 있네. 저기서 얘기하자."

강제로라도 끌고 갈 기세였고, 진실을 듣고야 말겠다는 태도였다.

'왜 하필이면 오늘이야?! 한정원이 데뷔조가 된 이 감격스러운 날에 왜!?'

속으로 비명을 지르면서 버텨 보았으나 결국은 끌려갈 수밖에 없었다.

우리는 각자 소프트콘을 하나씩 시켜서 앉았다. 나는 질질 끌려오는 동안 열심히 머리를 굴렸다. 사실을 백 퍼센트 다 말하는 건 일단 말이 안 되는 거였다. 조각게임이니, 가슴에 뚫린 구멍이니 하는 이야기를 늘어놓는 순간 세상에 다시없을 미친년이 될 게 뻔했다. 어떻게 버무려서 얘기할지 찾아내야 했다.

"자, 이제 솔직하게 말해 봐."

진기준은 한 대 때려 주고 싶을 정도로 여유를 보였다. 초조한 것은 나 하나였다. 변명하는 시간이 늦어질수록 분위기가 이상해질 거였다. 알람이라도 설정해서 전화 온 척이라도 할까, 하는 비루한 생각을 짜내는 중이었다. 가게 안 광고판에 붙어 있는 이벤트 포스터가 눈에 띄었다. '꿈꾸는 청춘, 맥도날드 먹고 꿈에 한 발짝!'이라는 문구가 갑자기 훅 들어왔다. 그래, 꿈! 꿈에서는 그 어떤 비현실적인 일도 일어날 수 있잖아!

"그… 들으면 좀 이상할 수 있는데…."

"뭔데?"

"최근에 몇 달 동안 계속 똑같은 꿈을 꿨어. 그것도 엄청 이상한 내용으로."

진기준의 얼굴에 호기심이 번졌다. 그 애는 적극적으로 귀를 기울였다.

"같은 꿈을 계속 꿨다고?"

벌써 세 달째야, 하고 말하자 진기준이 입을 떡 벌렸다. 그 정도면 병원을 가봐야 하는 게 아니냐고 반문했다. 나는 내게 일어난 일을 꿈인 양 설명했다.

꿈에서의 시간은 굉장히 길고 고되고, 아주아주 이상해. 온 사방이 구멍 천지거든. 그래, 구멍 말이야. 나는 꿈에서 구멍을 봐. 내 꿈에서는 사람들이 가슴에 죄다 구멍을 달고 다니거든. 정말로 이 가슴이 뻥 뚫려 있다니까? 징그럽고 무섭고, 내가 미친 건가, 내가 뇌를 다쳤나 싶어서 엉엉 울고 있으면 갑자기 누군가가 미션을 줘. 사람들의 뚫린 가슴에 맞는 조각을 찾아내라고. 조각을 찾아야 꿈이 끝난다고 하면서. 나는 이 모든 사람들의 조각을 어떻게 찾냐고 또 울어. 그러면 그 누군가는 이렇게 말해. 단 한 사람의 조각만 찾으라고. 그러면 이 꿈을 끝내 주겠다고. 내가 단 한 사람 누구를 말하는 거냐고 물으면, 지나가던 사람의 얼굴이 갑자기 한정원으로 변하는 거야. 가슴이 텅 빈 한정원으로 말이지. 꿈에서 보이는, 가슴이 텅 빈 한정원은 어쩐지 너무 슬프고 괴로워 보여서 난 온 힘을 다해 조각을 찾아. 세모난 모양이든, 네모난 모양이든 뭐든 찾아서 가슴을 채워 주려고 노력하다가 잠에서 깨어나는 거야. 그럼 너무 힘들고 괴로워.

말을 하고 보니, 이것도 만만치 않게 미친 소리로 들렸다. 진기준의 반응은 미묘했다. 집중해서 듣고 있었지만 무슨 생각을 하고 있는지는 알 수 없는 표정이었다.

"이 꿈을 매번 똑같이 꾸니까 혹시 현실의 한정원에게 뭔가를 해줘야 하나, 싶은 생각까지 들더라고. 미친 소리로 들리겠지만 너도 힘들고 찝찝한 꿈을 매일매일 반복해서 꾼다고 생각해 봐. 그것도 현실에 있는 사람이 나오는 꿈을. 그럼 분명히 현실과 연관 지어서 생각하게 될걸?"

그래서 한정원을 미행하기에 이르렀다는 이 엉뚱한 소리를 다 듣고도 진기준은 특별한 반응이 없었다. 얼마 후, 한 입 남은 소프트콘을 와그작 씹으면서 물었다.

"그래서 그 꿈은 지금 어떤 상태인데?"

"아… 그… 얼마 전부터 꿈에 나오는 한정원은 마음의 조각을 되찾은 걸로 바뀌었어. 아하하… 아마 현실에서 한정원을 이해하고 친해지게 되니까 그게 꿈에 영향을 줬나 봐. 구멍에 딱 맞는 모양은 아니지만 그래도 비어 있던 시커먼 구멍에 뭔가가 들어찬 걸 보니까 마음은 편하더라. 이제 곧 그 꿈도 사라지지 않을까 싶어."

예상하지 못했던 질문이라서 좀 버벅거리긴 했지만 무사히 잘 넘겼다. 진기준은 고개를 끄덕이다가 또 한 번 물었다.

"근데 그래도 괜찮은 거야?"

"뭐가?"

"구멍에 딱 맞는 모양은 아니라며."

"어?"

"꿈 말이야. 구멍에 딱 맞는 조각이 채워진 게 아니어도 괜찮은 거야? 그 꿈 끝나는 거 맞아?"

진기준은 아마 아무 생각 없이, 그저 떠오르는 말을 던졌을 것이다. 그걸 아는데도 순간적으로 머리가 띵 했다. 설마, 하고 마음에 작은 의심이, 불안이 피어올랐다.

'아냐. 괜찮아. 우리 반의 그 일곱 명… 아니, 여섯 명도 조각이 구멍 모양과 딱 맞진 않았잖아. 그런 애는 한 명뿐이었는걸.'

나는 슬쩍 올라오는 불안의 싹을 애써 짓밟고 아무렇지도 않은 듯이 웃어 보였다.

"… 뭐, 어차피 꿈이잖아."

그러나 진기준이 아무렇게나 던진 불안의 씨앗은 쉽사리 사라지지 않았다. 집 근처에 도착했을 즈음이었다. 핸드폰 진동이 왔다. 개발자의 문자였다.

[조각게임] FINISH

#21

　모든 것이 끝났다는 게 자명했다. 미션을 완수했고, 게임에 성공했다. 거짓말은 흔적조차 없이 사라졌고, 평범한 일상을 되찾았다. 아니, 오히려 일상은 게임 전보다 더 윤택했다. 그토록 동경한 한정원과 진짜 친구가 되었고, 마찬가지로 늘 부러워하던 진기준과는 소소한 비밀을 공유하는 사이가 되었다. 모든 것이 좋았다.

　그런데도 나는 이따금 뭔가를 놓치고 있는 듯한 느낌을 받았다. 석 달이라는 긴 시간 동안 너무 비현실적인 일을 겪었기 때문일 수도 있다. 아니, 아이템을 쓴 대가로 아직도 반 애들의 구멍이 보이기 때문인 걸까. 그게 아니라면 역시 내 마음의 구멍이 문제일까. 진기준과 한정원의 조각을 찾아 줬지만, 정작 나의 마음은 어떤 상태인지조차 모른다.

'꼭 가시가 걸린 것 같단 말이야.'

정말 목에 걸린 가시처럼 거슬리는 감각이었다. 그러나 그 정체를 파헤칠 만큼의 기력은 없었다. 파헤친다고 해서 답을 찾을 수 있을지도 확실하지 않았다. 불편했지만 그대로 두었다. 지내다 보면, 그냥 넘어가게 되리라 생각하면서.

◆

시간은 무던하게 흘렀다. 겨울방학이 한 주 앞으로 다가왔다. 그즈음이 되자 거슬리는 감각도 무뎌졌다. 나와 진기준, 한정원은 방학 전에 한번 만나서 회포를 풀기로 했다. 우리는 한정원 데뷔라는 목표 아래 우당탕쿵쾅 얽힌 사이이니까.

우리는 서울역의 그 빵 카페에서 만났다. 한정원은 좀 고단해 보이는 모습으로 나타났다. 트레이닝복 차림에 얼굴은 초췌했다. 웃고는 있으나 피곤하고 날카로워 보였다.

한정원은 주문한 브런치 메뉴와 숙고해서 고른 빵을 제대로 먹지도 못했다.

"연습이 너무 힘들어서 뭐 먹을 생각이 안 들어."

한숨을 쉬면서 고개를 절레절레 흔드는 모습은 의심을 불러일으켰다.

'얘 설마 아직도 섭식에 강박이 있나? 여전히 먹고 토하는 건 아니겠지? 여기서 안 먹고 나중에 혼자 폭식하는 걸까?'

진기준도 같은 생각을 했는지, 혀를 가볍게 찼다.

"억지로라도 먹어. 너 그러다 쓰러진다?"

한정원은 마지못해 조금 더 먹었다. 데뷔조가 발표되던 날, 파릇파릇 생기가 돌던 모습과는 딴판이었다.

"데뷔조 연습, 많이 힘들어?"

내가 묻자, 정원이는 "뭐 그렇지" 하면서 씩 웃었다.

"데뷔조니까 더 힘든 건 당연하지. 다 꿈을 이루기 위한 거니까 괜찮아. 다만, 센터 자리 놓고 경쟁이 치열해서… 그 압박감이 또 어마어마해."

"센터 아니면 어때. 데뷔가 중요하지."

진기준의 무신경한 대답에 한정원이 손가락으로 욕을 날렸다.

"아유, 이 욕심 없는 새끼. 야, 칼을 뺐으면 무라도 베어야지. 이왕 하는 거 센터가 좋다고 나는."

한정원다운, 그 애와 어울리는 욕심이었다. '과연' 하고 머리를 끄덕이는데 문득 잊고 있던 가시를 느꼈다. 그 거슬리는 불안감. 그 느낌이 왜 갑자기 다시 찾아왔는지 가늠해 보려는데, 진기준이 한숨을 푹 쉬었다. 진기준은 그 애의 트레이드 마크나 다름없는 반 삭발 머리를 제 손으로 마구 헤집었다.

"그래도 나는 니가 부럽다, 한정원."

"갑자기 뭐냐?"

한정원이 의심스러운 눈초리로 진기준을 흘겼다. 진기준은 이번에도 숨을 한숨처럼 크게 쉬었다. 답답한 것이 있는 사람처럼 말이다.

"너는 뭐라도 하고 싶은 게 있잖아. 누가 뭐라든 마이웨이 할 수 있는 네 길을 갖고 있다는 거— 그게 진짜 솔직히 완전 부럽다."

"너도 아이돌 하든지—."

한정원이 픽 웃으면서 진기준을 놀렸다. 진기준은 손가락 욕으로 맞받아치면서 푸념하듯 말했다.

"마음이 허하다. 몇 개월 후면 고등학생이 되는데 마음이 텅 빈 것 같아. 여자친구라도 사귀면 좀 나을까?"

그러더니 과장된 몸짓으로 제 가슴을 쾅쾅 쳤다. 머리도 바짝 깎은 애가 그러니까 고릴라 같았다. 풋, 웃음이 터졌다. 진기준은 아랑곳하지 않고 몇 번 더 가슴을 두드리다가 나를 휙 쳐다봤다.

"야, 서예나. 인생이란 뭘까? 산다는 건 뭘까?"

실실 웃으면서, 꼭 주정뱅이가 주정을 부리듯 물었다. 한정원이 진기준의 등을 때리면서 오글거린다고 난리를 쳤다.

"기준이가 은근히 서정적인 면이 있더라고, 정원아."

내가 놀림을 한가득 담아서 말하자 한정원이 깔깔 웃으면서 "너 얘 글 쓰는 거 알아?" 하고 물었다. 우리의 화제는 진기준이 쓰는 글로 옮겨 갔다. 그때까지만 해도 진기준이 던진 말은 딱 그 정도의 무게였다. 아마 진기준 자신에게도 그랬을 것이다.

#22

방학이 코앞이었다. 앞으로 3일만 더 지나면 중학교 3학년이 끝났다. 오늘이 금요일이니, 다음 주 월요일 방학식에 참석하면 졸업식 때까지는 학교에 올 일이 없다.

'3일이 지나면, 내 눈도 원래대로 돌아오겠다.'

12월 18일은 게임이 종료된 지 한 달째 되는 날이다. 그날 6시가 지나고 나면 내게 있었던 모든 일을 길고 긴 꿈처럼 흘려보낼 수 있게 되는 것이다. 문제는 며칠 전부터 다시 거슬리기 시작한 찜찜함이었다. 나는 그 느낌을 끌어안은 채 학교로 갔다.

교실에는 애들이 많지 않았고, 내 친구들은 아직 아무

도 오지 않았다. 자리에 앉아서 친구들에게 언제 도착하냐고 디엠을 보내는데 옆을 지나가던 애가 내 팔을 치는 바람에 폰이 떨어졌다.

"앗. 미안해 예나야─!"

짧은 단발머리가 귀엽게 잘 어울리는 그 애는 나와 친하지는 않았다. 그런데도 내 폰을 주워서 건네주는 그 애를 물끄러미 바라본 이유는 그 애의 가슴 때문이었다. 가슴의 구멍 말이다.

"어떡해. 혹시 스크래치 생겼어?"

내가 빤히 쳐다보자 불안한 듯 물었다. 핸드폰은 멀쩡했다.

'얘… 뭔가 이상한데?'

이 애는 가슴에 조각이 있던 일곱 명 중 한 명이었다. 내 기억에 이 애의 조각은 주황색 불가사리 모양이었는데 왜인지 지금은 그 조각이 좀 이상했다. 전보다 크기가 훨씬 작아진 것 같았다. 더 쳐다보면 이상해 보일 게 분명해서 억지로 눈을 뗐다. 나는 가슴에 조각이 있었던 일곱 명의 애들이 교실에 도착하는 족족 유심히 관찰했다. 다섯 명째 확인했을 때 내 심경은 급속도로 불안해졌다.

'몇 명의 조각이 이상해졌어. 왜지?'

한 명만 멀쩡했다. 처음의 모양 그대로였고, 작아진 것 같지도 않았다. 그러나 네 명은 이상했다. 두 명은 티가 나게 작아졌고, 다른 두 명은… 아예 조각이 사라졌다. 그간 진기준과 한정원에게만 신경 쓰느라 친하지 않은 다른 아이들의 마음 조각이 어떤지는 유심히 보지 않아서 몰랐다. 점진적으로 작아지고, 점진적으로 사라진 거라면 매일 유심히 봤더라도 쉽게 알아차리지는 못했을 것이다. 어찌되었든, 가슴의 조각이 사라질 수 있다는 사실은 매우 충격적이었다. 일전에 진기준이 가볍게 던진 질문이 떠올랐다.

– 근데 그래도 괜찮은 거야?
– 뭐가?
– 구멍에 딱 맞는 모양은 아니라며.

목에 걸린 가시의 시작점이 된 질문이었다.
'구멍에 딱 맞는 모양… 구멍에 딱 맞는 모양이라.'
동그란 마음의 구멍에 아주 완벽하게 들어맞는 동그란 조각을 가진 애는 단 한 명뿐이었다.
'김단아….'
단아의 조각은 커다란 진주 같았다. 구멍에 딱 들어맞

189

아서 한 치의 빈틈도 보이지 않는 하얗고 동그란 조각이었다. 나는 그 애가 등교하기를 기다렸다. 단아는 그 차분하고 조용한 존재감에 어울리게 고요하게 교실로 들어왔다. 멀리서 봐도 그 애의 조각은 여전히 완벽했다. 구멍의 흔적조차 보이지 않는 완벽한 모양이었다. 전에는 내가 처한 상황이 너무 당혹스러워서 그렇게까지 인상 깊게 보지 않았는데, 이제 보니 한 치의 오차도 없이 완벽한 조각은 아름답기까지 했다. 당장이라도 단아를 붙잡고 너는 무슨 조각을 가지고 있는 거냐고 다그쳐 묻고 싶었다. 단아의 뒤로 한정원과 진기준이 시끌시끌하게 들어오지 않았더라면 정말로 그랬을지도 모른다.

"야이씨, 진기준 미쳤나 봐!! 얘들아, 진또 이 새끼 이제 완전히 돌았어!!"

한정원이 학을 떼며 소리쳤다. 무리들이 벌써 재밌다는 얼굴로 그 둘을 돌아보았다.

"이 새끼, 아이돌 하겠대!!!"

반 애들이 와하하 웃음을 터뜨렸다. 진기준은 어깨를 으쓱하면서 너스레를 떨었다.

"아이돌 아니고 래퍼 한다고. 원래 나 같은 인상파 얼굴이 랩을 해야 더 힙해 보이는 거야. 그리고 너네가 몰라서 그렇지 나 가사 완전 잘 쓴다. 아무도 말리지 마라. 나는 오늘부터 꿈을 향해 달릴 거다."

진기준은 즉흥적으로 한 줄 랩을 선보였다.

"영문을 알지 못하고 달려온 길, 이젠 내가 개척할 나의 길— 예—"

반 애들은 다시 한번 소란스럽게 웃었다. 진기준처럼 장난을 좋아하는 남자애 한 명이 "요, 브로— 웰컴 투 더 힙합 씬— 예—" 하면서 맞받아쳤다. 방학 직전이라는 설렘까지 더해져서 반의 분위기는 몹시 흥이 올랐다. 그러나 나는 그 유쾌하고 익살맞은 상황에서 웃을 수가 없었다.

'아니, 잠깐. 이건 또 무슨 일이야?'

진기준과 한정원의 마음 조각 때문이었다. 영롱한 초록빛을 내뿜던 진기준의 조각… 거북이 등껍질 모양의 그 조각이 눈에 띄게 작아져 있었다. 다음 주 월요일에 다시 만나게 될 즈음에는 사라져서 보이지도 않겠구나 싶을 정도로. 한정원의 조각도 마찬가지였다. 분홍빛 성게 모양의 조각은 새끼손톱만큼 작아져 있었다. 그걸 보는 마음은 참담하거나 끔찍하다기보다는 놀라웠다. 머릿속에서는 '세상에— 어머나— 맙소사—' 따위의 촌스러운 놀람의 표현들이 마구 떠다녔다.

'뭐야, 뭐지 진짜?'

자기를 있는 그대로 봐주고, 그 마음을 들어 줄 대상이 진기준의 조각이었고, 그건 바로 나였다. 나도 그대로고, 우리의 관계는 더 좋아졌으면 좋아졌지 절대로 소원해지지 않았다. 그런데 어떻게 조각이 작아질 수 있지. 한정원은 또 무슨 일이야. 그렇게 원하던 데뷔조에 들었는데 조각이 저 모양이 되다니!

'진짜 누가 내 뺨이라도 좀 때려 줬으면 좋겠다. 이게 다 무슨 일이야.'

골치가 아팠다. 여차하면 진기준과 한정원을 끌고 나가서 멱살을 잡고 너네 무슨 일이냐고 소리칠 것 같았다. 그러지 않기 위해서 조용히 일어나 화장실로 향했다.

나를 발견한 진기준이 "요— 예나— 난 너에게 묻지, 인생의 진리는 뭐지?" 하고 장난스럽게 외쳤다. 나는 한정원이 진기준에게 하던 것처럼 손가락으로 욕을 날리고 교실을 빠져나왔다. 화장실에서 찬물로 손을 씻으며 생각을 정리해 보려고 노력했다.

가슴의 조각이 작아지거나 사라질 수 있다는 건 끔찍한 변수였다. 그러나 냉정하게 생각해 보면 그게 이치에 맞는 것도 같았다.

'그래, 내가 진기준과 한정원의 마음 조각을 찾아 줬을 정도라면 모두의 가슴이 이렇게 다 텅 빈 상태라는 게 더 말이 안 돼. 채워도 사라졌던 거야. 그러니까 대부분의 애들이 다 저렇게 텅 빈 구멍 상태로 있는 거라고. 영원한 만족이라는 건 없으니까.'

차가운 물 때문에 손끝이 벌겋게 되고, 뼈가 아렸지만 그만큼 머릿속은 또렷해졌다. 동시에 진기준과 한정원이 좀 괘씸하게 느껴졌다.

'그렇다는 건… 그 둘도… 설마 그새 만족하지 못하는 거야?'

나는 진기준이 "숨이 막혀"라고 말했던 순간의 얼굴을 안다. 그 애가 느꼈던, 어쩌면 지금도 느끼고 있을 그 답답함을 안다. 한정원이 얼마나 간절하게 데뷔조를 바랐는지도 잘 알고 있다. 그런데 벌써 그 만족감을 잊다니.

허허— 허탈한 웃음이 나왔다. 콸콸 흘러나오던 수도를 잠그면서 입을 꾹 다물어 가라앉히려 했다. 원래 사람은 만족을 모르니까, 누구나 다 그러니까. 그러나 그렇게 생각하니 더 큰 충격을 마주할 수밖에 없었다.

"구멍을… 영원히… 메울 수 없는 거야?"

아무도 없는 화장실에 내 목소리만 퉁— 울렸다. 목소

리는 공허하게 들렸다. 세면대 거울 속의 나는 길을 잃고 당황한 아이처럼 보였다. 나는 그 어느 때보다 더 간절하게 내 가슴의 구멍이 보고 싶었다. 텅 비었을 나의 구멍에 완벽한 조각을 채워 넣고 싶었다. 김단아처럼.

"아! 김단아!"

김단아를 생각하자 갑자기 불이 탁 켜지는 것 같았다. 그 애는 완벽한 조각을 가졌고, 조금도 작아지지 않았다. 김단아는 역시 사라지지 않는 조각을 찾은 걸지도 모른다. 그 애에게 다가가고 싶었다. 친해지고 싶었다. 구멍이 보이는 이 눈도 당분간 그대로였으면 좋겠다. 김단아의 조각의 정체를 알게 될 때까지는. 마음이 조급해졌다.

눈이 아직 열려 있어서 그런지 어플도 아직 지워지지 않은 상태였다. 나는 황급히 어플에 들어가서 개발자와의 채팅을 눌렀다. 정상적으로 작동되었다. 게임이 종료되었으니 답이 오지 않을지도 모르지만 그래도 메시지를 쳤다.

[참가자 : 저기요, 개발자님!! 저 부탁 하나만 들어주세요!!]

답이 오는 것을 초조한 심정으로 기다렸다. 다행히 개발자는 이전과 마찬가지로 빠르게 답을 보냈다.

[개발자 : 미안하지만, 그건 어려워요.]

"아니… 이 똥 같은 매너는 뭐지?"

진기준이 내게 몇 번 지적했던 그 '똥 같은 매너'를 개발자가 보여 주고 있었다.

[참가자 : 내가 무슨 부탁을 할 줄 알고요?]

[개발자 : 구멍을 볼 수 있는 눈을 더 열어 줄 순 없어요. 그건 규칙 위반이에요.]

[참가자 : 제발요. 구멍과 조각의 상태를 볼 수 있어야 이 게임의 진짜 정답을 알 것 같다고요!]

항변이 먹혔는지 개발자는 답을 바로 보내지 않았다. 슬슬 교실로 돌아가야 할 시간에 이르고서야 개발자의 답을 받을 수 있었다.

[개발자 : 완벽한 조각의 답을 찾고 싶은 거군요. 그 답을 찾으려면 시간이 필요하다고 느끼는 거고요. 음… 그렇지만 역시 규칙을 어길 수는 없어요. 대신, 눈이 아직 열려 있는 3일 내로 힌트를 얻을 방법을 알려 줄게요.]

3일 만에 답을 찾을 힌트는 없을 것 같았다. 한 번 더 조르려고 메시지를 치는데 개발자의 메시지가 먼저 도착했다.

[개발자 : 김초아 전도사를 만나요. 우리가 너무나 사랑하는 그 아이도 완벽한 조각을 가지고 있답니다. 그 아이와 대화를 한다면 빠르게 뭔가를 얻을 수 있을 거예요.]

예? 김초아 전도사님이요?

개발자가 눈앞에 있었다면 틀림없이 그렇게 되물었을 것이다. 그만큼 그 이름은 뜬금없었다. 더구나 나는 김초아 전도사님의 가슴에 구멍이 있는지 볼 수 없다. 눈으로 확인하지 못한다면 믿을 수 없다. 개발자는 내 마음을 다 안다는 듯이 다시 메시지를 보냈다.

[개발자 : 초아의 상태를 볼 수 있도록 영역을 열어 줄게요.]

뭐야, 그게 된다면 차라리 기간을 늘려 주는 게 낫지 않나. 어차피 규칙을 어기는 건 똑같지 않은가. 입술이 불퉁하게 튀어나왔다. 개발자는 하하, 하고 웃는 이모티콘을 보냈다.

[개발자 : 음, 그건 좀 달라요. 반 친구들에 한해서 눈을 열어 준 건 예나 님의 편의를 위한 장치였을 뿐이지, 규칙은 아니에요. 만약 예나 님이 반 친구들이 아니라 모든 사람들 중에서 조각을 찾겠다고 했다면 우리는 그렇게 해줬을 거예요. 하지만, 만약 그랬다면 예나 님은 아주 많이 힘들었을 거랍니다. 너무 많은 사람들의 구멍을 본다는 게, 그리 쉬운 일은 아니거든요.]

개발자는 건투를 빈다며 메시지를 마무리했다. 어플이 자동으로 닫혔다.
'김초아 전도사님의 상태를 볼 수 있게 해준다고?'
구미가 당겼다.

ㅡ 예나! 예전에 내가 말했던 거 기억나지? 내가 남들보다 잘하는 게 밥 사주는 거, 기도하는 거라고.

전도사님의 통통 튀는 목소리가 들리는 듯했다.

#23

　　전도사님은 이미 새로운 사역을 위해서 경기도로 이사를 한 뒤였다. 정확히는 경기도 의정부였다. 내게 남은 기간은 단 3일뿐이었고, 그마저도 월요일에는 방학식을 해서 학교에 나가야 했다. 염치불구하고 이전처럼 다급하게 연락을 드렸다. 전도사님은 흔쾌히 만나자고 했다.

　　토요일과 주일은 사역자가 제일 바쁜 날이다. 그렇다고 데드라인인 월요일까지 기다릴 순 없어서 주일 저녁에 내가 의정부로 가기로 했다. 주일 사역이 모두 끝나는 저녁 6시 무렵에 교회에서 만나기로 했다. 찾아가는 길은 어렵지 않았다. 전도사님은 교회 밖에서 서성이는 나를 보고

환하게 웃었다.

"예나! 안으로 들어오지 뭐 어렵다고 밖에 서 있었어?! 전도사님 마음 아프다?"

단숨에 교회 마당으로 나온 전도사님은 여전했다. 여전히 밝고, 싱그럽고, 기분 좋은 에너지가 넘쳐흘렀다. 전도사님에게서 새롭게 발견한 것은 단 하나뿐이었다.

"와―!"

저절로 탄성이 나왔다. 개발자의 말이 맞았다. 전도사님의 가슴에는 아주 작은 틈조차 보이지 않는 하얀 구슬 같은 것이 꽉 박혀 있었다. 조각이었다. 김단아와 똑같은 조각. 커다란 진주 같은 바로 그 조각 말이다.

"왜? 사이즈가 부러워?"

전도사님은 의미심장하게 웃으면서 갑자기 가슴을 한껏 쭉 뺐다. 내가 너무 뚫어져라 보고 있었다는 걸 그때 알았다. 민망하게 웃으면서 고개를 젓자 전도사님은 다시 한 번 마음껏 부러워하라면서 당당하게 어깨를 폈다. 오늘도 전도사님은 여전하다. 내가 알고 있는 그 전도사님이었다. 한결같은 모습을 확인하자 마음이 이상하게 편해졌다.

전도사님은 그사이에 의정부의 핫플레이스를 알아두었다. 주말마다 사람이 넘치는 대형 카페인데, 제주도처럼 꾸민 넓은 앞마당에 실내 공간도 넓고 세련된 곳이었다.

"주말에는 자리 잡기가 쉽지 않은데 밀져야 본전이지. 이왕 여기까지 왔는데 좋은 데, 예쁜 데 가야 하지 않겠니? 지금부터 속으로 기도해. 자리 있게 해달라고."

정말로 전도사님은 차에 시동을 걸면서 본인이 말한 대로 기도했다. 그러고 나서 엑셀을 밟았는데, 속도가 꽤 빨랐다. 내가 무심코 주먹을 쥐자, 그걸 보고는 깔깔 웃었다.

"어머, 내가 좀 운전이 거칠었니? 엄밀히 말하면 나는 지금 퇴근을 하는 거잖아. 기분이 좋아서 좀 빨리 밟았어."

퇴근이라면서 신나 하는 전도사님을 보니 조금 죄송한 마음이 들었다. 카페에서 내가 할 말은 평범한 내용이 아니었으니까. 한편으로는 궁금했다. 나는 무슨 답을 얻고 돌아가게 될까. 오늘 뭔가를 얻는다면 나도 언젠가는… 언젠가는 전도사님처럼, 김단아처럼 완벽한 조각을 가질 수 있을지도 모른다. 목이 말랐다. 그러나 그 갈증은 목에서부터 시작된 게 아니었다. 몸속 깊은 곳 어디에선가부터 타오르는 갈증이었다. 이전에는 한 번도 느껴 보지 못했던 목마름이었다.

카페는 그리 붐비지 않았다. 전도사님은 손가락을 딱— 튕기면서 "할렐루야, 하나님 감사합니다" 하고 외쳤

200

다. 나는 이미 7시가 넘어가는 시간이었기 때문에 자리가 있을 거라고 생각했지만 굳이 입 밖에 내지는 않았다. 어차피 전도사님은 자리가 꽉 차 있었더라도, "하나님 감사합니다, 새로운 곳을 개척하게 하시려는 거군요" 하고 말했을 것이다.

전도사님은 주일에는 바쁘고 긴장돼서 뭘 제대로 먹을 여유가 없다면서 빵을 양껏 담았다. 트레이에 담긴 다섯 개의 빵을 보고 있자니 또 무심코 한정원이 생각났다. 그러나 전도사님은 한정원과는 달리 아주 행복하고 흐뭇한 얼굴로 빵을 먹었다.

"예나! 무슨 생각해?"

"네?"

"뭔가 표정이 어른스러워서. 고민이 있는 표정인데?"

내가 전도사님의 흡족한 얼굴을 보는 동안, 전도사님은 나의 표정을 살핀 모양이었다. 전도사님이 먼저 물꼬를 터주려고 하고 있으니, 나는 그걸 물어야만 했다. 그러나 이전에 그랬던 것처럼 선뜻 시작하기가 어려웠다. 전에도 결국은 하고 싶었던 말을 한마디도 하지 못하고 돌아왔었지. 무거운 마음과 피로감에 한숨 깊이 잠들었다가 깨어난 다음에 이 모든 일의 시작점인 문자를 받았고.

"전도사님, 진짜 이상한 꿈 꾼 적 있어요?"

오늘은 무슨 일이 있어도 말해야 했다. 내일 오후 6시가 되면 구멍을 볼 수 있는 눈은 닫힐 거고, 그러면 나는 영원히 마음의 조각에 대한 의문을 품고 살아가야 할 터였다. 애초에 몰랐다면 아무런 상관없이 살아갈 수 있겠으나 알아 버린 이상 가슴에 드는 바람을 못 느낄 수는 없었다.

"저는 최근에 진짜진짜 이상한 꿈을 꿔요."

전도사님이 불고기 파니니를 입에 밀어 넣으면서 무슨 꿈을 꾸냐고 물었다. 나도 빵을 한 조각 씹으면서 최대한 아무렇지 않게 이야기하려고 노력했다. 전에 진기준에게 말했던 것과 비슷하게 말했으므로 그때보다는 태연하게 표현할 수 있었다.

꿈에서의 시간은 굉장히 길고 고되요. 꿈에서 저는 갑자기 이상한 걸 봐요. 구멍이요. 구멍을 봐요. 제 꿈에서는 사람들이 가슴에 죄다 구멍을 달고 다녀요. 정말로 이 가슴이 뻥 뚫려 있다니까요? 징그럽고 무섭고, 내가 미친 건가, 내가 뇌를 다쳤나 싶어서 엉엉 울고 있으면 갑자기 누군가가 미션을 줘요. 사람들의 뚫린 가슴에 맞는 조각을 찾아내라고요. 조각을 찾아야 꿈이 끝난다고 하면서요. 그래서 저는 사방팔방 돌아다니면서 조각을 찾아요. 비슷해 보이는 조각은 닥치는 대로 끼워 넣어요. 외모, 돈, 인기, 성적, 비전 뭐 그런 것들을요. 그런데, 분명히 맞는 것처럼 보였던 조각도 가슴에 맞춰 넣으면 이상하게 모양이 조금씩 달라서 결국은 맞지 않는 조각이라는 걸 깨닫게 돼요.

역시 한 번 얘기했던 내용이라서 그런지 막힘이 없었다. 전도사님은 점점 더 진지하게 들었다. 열심히 움직이던 포크도 내려놓고서. 이야기가 끝났지만 전도사님은 바로 조언이나 해석을 주지 않았다. 오히려 느릿하게 커피를 한 모금 마시고는 뭔가를 골똘히 고민하는 얼굴로 "흐응—" 하고 콧소리를 냈다. 일견 좀 신나 보이기도 해서 의아했다.

"스핑크스의 질문, 뭐 그런 것 같네. 재밌다."

신나 보인 게 아니라 진짜 신나신 모양이다.

"아니면 성경에 나오는 다니엘이나 요셉의 꿈 해석, 뭐 그런 것 같기도 하고."

전도사님이 다시 장난처럼 얘기해서 괜히 초조했다.

"전도사님, 저 진짜 진지하다니까요? 우리 이제 시간 얼마 없어요."

"알아, 알아, 코딱지야. 너 이거 때문에 왔구나? 진작 말하지 그랬어."

그런 와중에도 전도사님의 분위기가 퍽 여유로웠기 때문에 조금 안심이 되었다. 답을 알고 있지 않으면 나올 수 없는 여유라고 생각했다.

"예나야, 너 전에 우리 집에 놀러 왔던 거 기억나니?"

엉뚱한 질문이었지만 일단 고개를 끄덕였다. 전도사님은 초등부 아이들을 본인의 사택에 자주 초대했다. 나도 몇 번인가 놀러 가서 라볶이니, 짜파게티니 하는 것들을 잔뜩 얻어먹고 오곤 했다.

"너 그때 우리 집에 안 쓰는 향수들이 잔뜩 있는 걸 보고 놀랐었지? 이렇게 향수가 많은데 왜 전도사님은 향수를 쓰지 않느냐고 물어봤잖아. 기억나?"

기억이 천천히 수면 위로 올라왔다. 방 한구석의 커다란 전신 거울 뒤에 놓여 있던 투박한 보관함이 먼저 그려졌다. 더러운 상자네, 이 안엔 뭐가 있을까, 그런 생각을 하면서 열어 봤던 것 같다.

그 안에는 각양각색의 향수들이 아무렇게나 담겨 있었다. 향수들은 투박한 그 상자와는 전혀 어울리지 않았고, 그래서 더욱 강렬하게 기억에 남았다. 다양한 모양의 예쁜 유리병과 그 속에 담긴 색색의 액체들이 꼭 오래된 동화에나 나오는 마법의 물약처럼 보였다. 어렸기에 전도사님이

향수라는 걸 알려 줄 때까지는 향수인 줄도 몰랐다. 전도
사님에게서 인위적인 향 같은 걸 맡은 적이 없었기 때문에
더욱 그랬다.

　- 이게 다 뭐예요 전도사님?
　- 아, 그거 향수야. 엄청 오래됐어. 아마 한 4~5년은
됐을걸? 버리긴 좀 아깝고 탈취용으로라도 쓸까 싶어서
뒀는데 그냥 버려야겠다.

　그때는 향수가 얼마인지 잘 모르던 때였으나 내 눈에
도 비싸 보였다.

　- 아직 많이 남은 것도 있고, 너무 예쁜데 왜 버려요?
　- 아, 그게 말이지,

　전도사님은 설명할 듯 입을 열었으나 선뜻 말하지 않
고 잠시 망설였다. 할 말을 고르듯이 입술을 움칠거리다가
결국은 빙긋 웃었다.

　- 음, 지금은 설명해도 이해하기 어려워. 나중에 코딱

지가 자라서 땅콩 즈음 되었을 때 말해 줄게.

설명을 듣지 못했기 때문에 궁금한 상태로 보관함의 뚜껑을 덮어야 했다. 전도사님이 라볶이를 맛있게 끓여 줘서 곧 잊었지만 전도사님을 떠올리면 이따금 그 기억도 함께 희뿌옇게 올라오곤 했다. 그런데 왜 뜬금없이 그날의 이야기를 하는 걸까?

"네, 기억나요. 그게 왜요?"

"나는 원래 향수를 정말 좋아했어. 고등학생 때부터."

특별한 향수를 쓰면 내가 좀 더 기억에 남는 사람이 될 것 같았거든, 하고 말하면서 푸스스 웃는 모습이 꼭 소녀 같았다.

"왜 그런 거 있잖아. 여기저기 널린 잡초보다는 예쁜 꽃이었으면 좋겠고 이왕이면 특별한 존재였으면 좋겠고, 그런 거. 그걸 이루는 수단이 나한테는 향수였던 거지."

전도사님은 대학에 들어가서 더욱 부단하게 향수를 모았고 더 좋은 향, 더 새로운 향을 찾는 데 여념이 없었다고 했다.

"신학을 하기 전에는 연극영화과에 다녔거든. 온갖 끼

를 내뿜는 애들 사이에 있다 보니까, 조금이라도 더 나를 어필해야겠다 싶어서 향수에 더욱 집착하게 되더라고."

전도사님이 연극영화과 출신이란 건 처음 알았지만 그다지 놀랍지 않았다. 오히려 너무 딱이다 싶었다. 나는 잠자코 고개를 끄덕였다.

"사고, 또 사고의 반복이었어. 어느 순간부터는 화장대에 자리가 없더라. 다 쓰지도 못한 향수들 사이로 새로운 향수를 꾸역꾸역 세우다 보면 의문스럽긴 했어. 이게 맞나? 이렇게 많은 향수를 써서 좀 스페셜해지기는 했나? 근데 왜 늘 뭔가 부족한 느낌이 떠나질 않을까? 그런 생각들이 들었지. 그러던 중에 결정적인 사건이 있었어. 과모임 뒤풀이 자리에서."

전도사님은 추억을 반추하듯이 눈을 가늘게 떴다.

"선배 한 명이 술에 취해서 우리 동기들을 평가질을 하더라고. 유림이는 얼굴이 특출하게 예쁘고, 찬희는 외모가 유니크해서 딱 기억에 남고, 소정이는 몸매 밸런스가 너무 좋고─ 하면서 말이야. 제일 고학번이기도 했고, 술 취해서 하는 말이라 다들 대충 무시하는 상황이었어. 나도 그랬고. 근데 그 선배가 나한테는 뭐라고 했는 줄 아니? '아─ 우리 초아. 음… 어디 보자, 초아는… 아, 얘는 별로 말할

게 없다? 뭐 떠오르는 게 없네' 하더니 '미안하다 야-' 하면서 웃는데, 얼굴이 그만 확 뜨거워지더라. 다른 사람한테는 별일 아닐 수도 있지만, 나한테는 그게 엄청난 충격이었어. 그 튀는 애들 사이에서 나는 아무것도 아니라는 걸 확인사살 당한 느낌이었다고나 할까? 충격이 조금 가라앉고 나니까 한없이 서글퍼지더라. 마음이 그렇게 헛헛할 수가 없었어."

조금 알 것 같기도 했다. 나도 빛을 잃어 가던 시절에, 또 그 이후로도 비슷한 마음을 느꼈으니까. 전도사님은 말을 계속 이어 갔다.

"조금 더 기억에 남는 사람이고 싶어서 나름 동동거렸는데 나는 여전히 '존재감 없는 초라한 사람1'에 불과하구나. 특별한 인생은 소수에게만 주어지는 거고 나는 그냥 연극 무대의 뒷배경처럼 살다가 가는 건가? 그런 게 인생인가? 나중엔 생각이 걷잡을 수 없이 막 나가는데, 서글픔이 깊어지면 분노가 된다는 걸 그때 알았어. 누구에게라도 막 따지고 싶은데, 근데 이걸 누구에게 따지겠니? 부모한테 따질까, 아니면 선배 멱살을 틀어잡고 왜 나에 대해 아무것도 떠올리지 못하느냐고 몰아붙일까? 아무리 생각해도 따질 대상이 없는 거야. 그러니까 어떡하니- 만들기라도 해야지. 나는 친구 따라서 종종 가던 캠퍼스 근처의 교회로 뛰듯이 걸어갔어."

전도사님은 손가락으로 십자가 모양을 만들어 보였다.

그렇게 신의 멱살이라도 잡아 보겠다고 들어간 교회의 본당은 텅 비어 있었다. 평일 저녁이었으니 당연한 일이었다. 전도사님은 빈 본당의 한 자리에 앉아서 입을 달싹였다. 그러나 말은 나오지 않았다. 쏟아져 나오는 건 말이 아니라 흐느낌이었다.

"눈물이 뚝뚝─ 도 아니고 후드득 떨어지더라."

그때를 회상하면서 전도사님이 키득키득 웃었다.

"그렇게 한참을 훌쩍대다가 간신히 몇 마디를 소리 내서 중얼거렸어. '나는 도대체 뭐예요? 나는 왜 특출한 게 없어요? 나도 잘나고 싶다고요.' 우느라 못난이 중에 상못난이가 된 얼굴로 콧물까지 뚝 떨어뜨리면서 그렇게 말을 중얼거리는데 말이지, 갑자기─ 정말 불현듯이 내 영혼 깊은 곳 어디에선가 누군가가 말을 거는 것 같았어."

전도사님은 그렇게 말하면서 본인의 심장 부근에 손을 대었다. 그럴 리가 없는데도 괜히 내 손끝에 전도사님의 심장 박동이 두근─ 울리는 것 같았다.

"뭐랄까, 그건 귀로 들리는 말이 아니었는데도 아주 명확하게 들렸어. 표현이 좀 이상하지? 하지만 '들렸다'라고 밖에는 표현할 수가 없어. 아니지, 다가왔다고 하면 더 맞으려나?"

전도사님은 더 좋은 표현을 찾으려고 애를 쓰다가 결국은 어깨를 으쓱했다. 아무래도 좋았다. 나는 도대체 무슨 말이 들렸다는 것인지 궁금했다. 전도사님이 차분하게 말했다.

"얘야, 나는 널 특별한 사랑으로 만들었단다―."

순간, 경험담을 들려주는 게 아니라 나한테 하고 싶은 말을 하는 줄 알았다. 눈이 마주치자 전도사님은 가볍게 윙크를 했다.

"네가 대단한 뭔가가 되려고 하지 않아도, 더 좋은 모습을 가지려고 아등바등하지 않아도 괜찮아. 너는 그 자체로 사랑스럽고, 유쾌하고, 특별하고, 나는 그런 너를 사랑한다."

전도사님의 지긋한 시선은 목이 타게 만들었다. 내가 목을 만지자 전도사님은 컵에 물을 따라 주었다.

"그건 아주 작은 속삭임 같은 거였지만 내 마음을 온통 뒤흔드는 명확한 메시지였고, 오래도록 남아서 가슴을 배회하다가 어딘가에 자리를 잡았어. 네 꿈 이야기에 빗대어서 표현하자면… 어쩌면 조각이 되어서 내 마음 구멍에 자리를 잡았는지도 모르지.”

전도사님의 동그랗고 완벽한 조각. 작아지지도, 사라지지도 않는 이 조각이 그 메시지로부터 시작되었단 말인가. 여전히 알쏭달쏭했다. 전도사님의 뺨에는 발그레하게 홍조가 올라와 있었다.

“꿈에서 구멍을 메우기 위해 이것저것 다 넣어 봤다고 했지? 그래도 딱 맞는 조각은 아니었다고. 그렇다면 조각이 아니라 그 구멍을 지닌 사람의 본질에 주목해야 하는 거 아닐까. 예나야, 사람의 마음의 구멍이 그 어떤 것으로도 메워지지 않는다면… 사람이 어디로부터 왔는지를 먼저 알아야 할 거야.”

어려웠다. 전도사님은 어떻게 하면 더 잘 설명할 수 있을까를 고민하는 듯이 잠시 말을 멈추고 눈을 감았다. 나는 나대로 전도사님의 말을 따라가기 위해서 집중했다.

“우리가 이 세상의 우연과 자연의 산물이었다면 우린 세상의 것들로 만족하고 채워질 수 있었을 거야. 그렇지만 우린 그렇게 아무렇게나 툭 던져진 존재가 아니거든. 그래서 세상 그 어떤 걸로도 영원히 만족할 수 없는 거야. 목마른 사슴이 우물을 찾듯이 그 기갈을 해결하기 위해 헤매고 또 헤매도 세상 것으론 절대 채울 수 없어. 왜? 우리는 세상의 우연과 자연의 산물로 아무렇게나 툭 던져진 존재가 아니니까."

마지막에 전도사님은 빵을 콕 찍은 포크를 내 쪽으로 휙 휘둘렀다. 포크 끝에 달려 있는 작은 소금빵이 내 쪽으로 덜렁 기울었다.

"절대 사라지지 않는 완벽한 마음의 조각을 찾고 싶다면… 네 영혼이 어디로부터 왔는지를 알아야 해. 거기서부터 온전한 만족도, 온전한 특별함도 찾아지는 거야. 알겠지?"

전도사님은 여전히 소녀 같은 홍조를 띤 채로 부드럽게 웃고 있었지만, 그 말투와 분위기만큼은 단호했다. 침이 꼴깍 넘어갔다. 여전히 어려웠다. 어려우니 어떻게 반응을 해야 할지도 알 수 없어서 그저 가만히 전도사님의 가슴을 쳐다보고만 있었다. 아주 매끄럽고, 아름답게 빛나는 그 동그란 하얀 조각에서 눈을 뗄 수 없었다.

'어려운 얘기를 꼭 쉬운 것처럼 하신다니까….'

왜인지 마음이 울렁거렸다.

"어머? 예나 너…."

전도사님이 갑자기 하하, 웃음을 터뜨렸다. 왜 저러시

나 하고 쳐다보자 전도사님은 아까 만났을 때처럼 가슴을 앞으로 내밀었다.

아. 정말….

갑자기 기운이 쭉 빠졌다. 나는 푸스스 웃어 버리고 말았다. 전도사님은 뭐가 그렇게 즐거운지 허밍으로 어떤 노래를 흥얼거렸다. 가만히 들어 보니, 역시나 그건 찬양곡이었다. 게다가 나에게도 꽤 익숙한 멜로디였다. 이거 뭐였지, 교회에서 들었나. 머릿속을 더듬다가 알아차렸다. 우리 아빠가 자주 흥얼거리던 찬양이었다. 가사는 기억나지 않지만, 멜로디는 분명 아빠가 종종 부르던 그 찬양이 맞았다. 문득, 언젠가 아빠가 했던 말이 번뜩 머리를 스쳤다.

— 하나님이 나를 사랑하신다는 그 사실이 믿어지는 것만큼 영혼을 만족시키는 일은 없어. 그건 정말 놀라운 일이야.

전도사님도 그 얘기를 하는 걸까. 나는 계속 허밍으로 노래를 부르는 전도사님의 모습을 보았다. 전도사님은 정말 평안해 보였다.

#24

월요일 아침이었다. 방학식 날이었고, 구멍과 마음의 조각을 볼 수 있는 마지막 날이었다. 오늘 오후 6시가 지나면, 이 신비한 세상은 다시 닫힐 것이다. 마음이 싱숭생숭했다. 사실은 일요일에 전도사님을 만나고 다시 올라올 때부터 그랬다. 목에 걸린 가시와는 달랐다. 불안하거나 찝찝한 것이 아니라 꿈에 취한 사람처럼 몽롱한 것에 가까웠다. 이따금 머릿속에서는 전도사님이 했던 어려운 말들이 빙빙 돌았다. 등교를 하는 중에도 그랬고, 학교에 가서도 마찬가지였다. 그런데 나만 그런 게 아니었다. 방학식이라 그런지 다들 모두 나처럼 붕 떠 있는 기색이었다.

"서예나— 이따 저녁에 서울역 놀러 가자. 어때? 거기서 같이 저녁 먹고, 한정원 오후 연습 끝나면 같이 돌아오는 거야. 괜찮지?"

다른 애들과 마찬가지로 잔뜩 신이 난 진기준이 불쑥 물었다. 기분 좋은 그 아우라와는 다르게 그 애 가슴의 조각은 이미 콩알만큼 작아져 있었다. 한정원은 더 심각했다. 고생고생해서 채워 넣은 마음의 조각이 주말이 지나는 사이, 흔적조차 없이 사라졌다. 그렇게 되리라고 예상했음에도 허탈했다. 나도 모르게 내 가슴께를 괜히 문지르게 되었다. 마음의 허함을 느끼는 것은 조각이 곧 사라질 것처럼 작아진 진기준과 이미 사라진 한정원의 몫이었는데도.

"저녁에? 몇 시쯤?"

"6시쯤 어때? 어차피 낮에는 너도 네 친구들이랑 놀 거 아니야?"

세연이, 성지, 은영이를 말하는 거였다. 6시는 이 비현실적인 세계가 완전히 닫히는 시간이다. 우리는 6시에 홍제역에서 만나서 출발하기로 약속했고, 나는 그 시간을 기다렸다. 방학식을 무사히 마치고, 친구들과 학교 근처에서 떡볶이를 먹고, 세연이네 집에서 수다를 떠는 중에도 6시를 기다렸다. 그러다가 진기준을 만나려고 먼저 세연이 집을 나왔을 때는 혹시 내가 아무 일도 일어나지 않기를 바라는 건 아닌가 의심이 되었다.

'눈이 원래대로 돌아오면 완벽한 조각의 비밀도 모호하게 끝나게 되겠지.'

'더 이상의 상식 밖의 일은 이제 영영 생기지 않을 거야.'

'언젠가 정답을 완전하게 이해하게 되는 날이 올까? 김초아 전도사님의 말이 다 이해되는 그런 날이?'

걸음이 자꾸만 느려졌다. 느리게 걷는다고 시간의 흐름을 늦출 수 있는 게 아닌데도 그랬다. 길을 지나는 사람들을 보면서 '저 사람도 마음에 구멍이 있겠지?' '저 사람은 어떤 조각을 채우고 있을까? 어차피 없어질 조각이겠지만.' 따위의 생각들을 했다.

역 인근에 다다랐을 즈음이었다. 핸드폰에서 진동이 지잉- 울렸다. 진기준이 보낸 디엠일 거라고 생각했는데 아니었다.

세상에서 가장 가치로운 지혜에 접근하게 된 걸 축하해요. 언젠가 이 지혜를 온전히 받아들이는 날이 올 거예요. 그럼 예나 님도 완전한 마음의 조각을 가지게 될 거랍니다. 참 평안을 누리게 하는 영원한 조각을요. 그날을 기대하고, 기다리고 있을게요.

God bless you.

개발자의 문자였다. 시간은 벌써 6시 정각이었다. 아마도 이게 마지막 문자겠지. 그 증거로 방금까지 남아 있던 조각게임 어플이 삭제되었다.

나는 길거리에 우두커니 서서 눈을 깜빡였다. 고개를 들고 황급히 주변을 둘러봤지만, 정말로 내가 평범한 일상으로 돌아온 것인지 확인할 길이 없었다. 진기준을 만나야 비로소 확인하게 되리라. 내 눈이 다시 원래대로 돌아왔다면 진기준의 가슴에 난 구멍도 더는 보지 못할 거였다.

마음이 이상했다. 그야, 이 이상한 게임에 휘말리고 난 이후로는 단 하루도 마음이 이상하지 않은 날이 없었지만, 오늘은 아침부터 지금까지 이상하게 이상했다. 조금 울고 싶은 기분이었다. 그러나 슬픈 것은 아니었다.

'울고 싶은데 슬픈 건 아니라니, 이마저도 이상하잖아.'

그 순간에 어디에선가 익숙한, 언젠가 들어 본 듯한 노랫소리가 들렸다. 아, 전도사님이 허밍 하던 그 멜로디였다. 들려오는 노래에 가사가 명확하게 실려 나왔다.

내 갈급함 어느 것으로 채울 수 없네
내 갈급함 상한 나의 심령에
내 갈급함 부르짖는 소리 들으소서
내 갈급함 주의 음성 들리네
내게로 나오라 영원히 영원히 목마름 전혀 없으리
*내게로 나오라 가까이 가까이 생명의 근원되신 주께** *

아빠가 차에서도 부르고, 집에서도 무심코 흥얼거리던 그 찬양. 심지어 아빠는 사업이 망하고 나서도 이 찬양을 불렀다. 오히려 더욱 절박하게, 더욱 자주 이 찬양을 부르곤 했다. 모두 부르고 나면, 아빠는 눈물이 흥건한 얼굴을 닦으며 차분하게 웃었다. 나는 아빠가 이 상황에서도 하나님을 찾는 것이 미련하다고 생각했지만 그렇게 찬양을 마친 아빠의 얼굴은 가사처럼 더 이상의 목마름이 없는 얼굴이었으므로 그냥 모른 척을 했다.

지금도 나는 아빠의 마음을 이해할 수 없다. 아빠가 어떤 것을 느끼고, 어떤 것을 아는지 감을 잡기도 어렵다. 김초아 전도사님과 김단아가 가지고 있는 마음의 조각도 나

* 윤주형, 내갈급함, 2003.

는 아직 어렵다. 그러나 어딘가에서 들려오는 아빠의 찬양은 좀 특별하게 들렸다.

　찬양의 근원지는 근처 허름한 빌라 2층이었다. 열린 창문 너머로 아빠의 찬양이 계속 반복되고 있었다. 낡은 창문에는 간판을 대신하여 '○○교회'라고 교회임을 표시한 시트지가 붙어 있었다. 그걸 멍하니 올려다보는데 누군가가 큰 소리로 나를 불렀다.

"서예나!! 거기서 뭐 해?!"

목소리부터가 진기준이었다. 고개를 돌리자, 역 앞 횡단보도에 서 있는 진기준이 보였다. 가슴의 구멍이 보이지 않는 예전의 진기준이었다.

작가의 말

약 10년 전, 모 출판사와 계약을 하고 청소년 소설 작가로 첫걸음을 시작할 때 지금 이 책의 편집자님을 처음 만났다. 첫 만남의 분위기는 다정하고 화기애애했다. 미팅을 서서히 마무리할 즈음이었다.

"작가님도 하나님을 믿으시나 봐요−. 사실 제가 예전부터 꼭 하고 싶은 분야가 있었는데 나중에 작가님이랑 같이 할 수 있으면 너무 좋겠어요."

편집자님이 꼭 하고 싶다던 분야는 '청소년 기독 소설'이었다. 에세이도, 간증집도 아닌 청소년 기독 소설 말이다. 흥미가 가득한 얼굴로 "그냥 재밌어서 읽었어. 근데 뭔가 자꾸 하나님을 생각하게 해. 우리도 이제 그런 읽을거리가 막 나와야 하지 않을까요"라고 하는데, 단박에 고개가 끄덕여졌다. 나도 어렴풋이 그런 생각을 했었기 때문이다. 다만, 그때는 정말로 추상적인 바람이었고 편집자님도 나도 '언젠가 그럴 수 있으면 좋겠지'라고 생각하는 정도였다. 그날의 대화가 10년이 지난 지금에 와서 이루어질 줄은 정말 몰랐다.

21년 10월, 오랜만에 만난 자리에서 편집자님이 안부 인사 다음으로 한 말은 선포였다. "작가님, 우리 첫 책 할 때 청소년 기독 소설 얘기 했던 거 기억하시나요? 이제 때가 된 것 같아요." 그 말을 듣는데 10년 전의 내 마음이 둥실, 떠올랐다. 나는 이 작업이 '마땅히 해야 할 자연스러운 일'로 느껴졌다. 그래서 하겠다는 대답이 어렵지 않게 툭— 튀어나왔다. (일단 그렇게 쉽게 대답해 놓고 원고에 대한 기도를 시작했던 것이다.) 그때까지만 해도 나는 이 작업이 이토록 어려우리라고는 예상하지 못했다.

〈조각게임〉은 이제까지 해온 모든 작업 중에서 제일 힘들었다. 시놉시스도 여러 번 수정을 거쳤고, 탈고한 뒤에도 꼭 처음 쓰는 것처럼 다 뜯어고치기를 반복했다. 〈조각게임〉을 쓰면서 비로소 퇴고의 쓴맛이 무엇인지를 배운 느낌이었다.

아니, 복음이 담긴 원고를 쓰는데 이렇게 힘들 수 있나, 혹시 내가 교만했던 건 아닐까, 자꾸 의심이 들었다. 그때마다 위로가 된 것은 원고를 놓고 기도할 때 드는 마음이었다. 이 땅에서 하나님을 찬양하고, 하나님에 대해서 이야기하는 문화가 더 많아지기를 바라는 마음. 우리 청소년들이 '이 땅의 것으로는 채울 수 없는 영혼의 빈자리'에 대해서 생각해 보기를 바라는 마음. 그래서 하나님을 묵상해 보기를 바라는 마음.

오직 그 마음과 하나님의 은혜로 이 책의 여정을 달려왔다. 원고의 부족함은 다 나의 부족함이고, 원고에서 좋은 것들은 다 하나님이 주신 것임을 백 퍼센트 확신한다. 모쪼록 이 책이 하나님의 뜻대로, 하나님이 바라시는 대로 사용되길 기도한다. 나의 부족함도 하나님은 선하게 사용하여 주실 줄로 믿는다. 마지막으로, 〈조각게임〉의 모든 독자들에게 하나님의 인도하심이 부어지길 기도한다.

credit

글	나윤아
편집	이준희
디자인	이기희
일러스트	손이아
교차교정	김현정
BOOK OST	목소리상점
수록곡	윤주형(KOMCA 승인필)
자문(청소년)	김이레 박재희 백조하 송강주아
	송은찬 이승미 이은새 정지훈
	최서연 하주영
자문·지원	강세경 류효주 박은철 안인옥 여은영
	오상욱 이두리 이미진 이선미 이승혜
	이준원 이하은 이한나 윤원정 정성운
	조연주 사자와어린양 아바서원
	한국음악저작권협회
펀딩·후원	김정은 김현정 김회숙
	박근한 박주희
logotype	Sandoll 삼립호빵체
회계	김현희
종이	UPS
제작	정우피앤피
총판	아바북스

_____ 의 노래

OST 온전한 마음
(부제 : 예나의 노래)

내 마음속 깊이 채워지지 않는 건
그 커다란 빈자리가 있어

빛나고 싶었던 특별하고 싶었던
그 욕심에 길을 잃었던 날

내 마음속 깊이 감춰지지 않는 건
그 공허한 조각난 마음이

무얼 채워봐도 곧 사라지는
그 안개 같은 마음 때문에

온전한 마음 온전한 삶은
한순간의 꿈인 것처럼
사라지는 걸까

나의 그 빈자리
무엇이 채워줄 수 있나
나의 맘을 채워줄
놀라운 비밀을 찾기 원하네

언제부터였을까 내 모습 초라해
늘 감추고 숨겨왔던 날들

더 지쳐가고 초라해지는
내 모습에 눈물 흐르던 날

온전한 마음 온전한 삶은
한순간의 꿈인 것처럼
사라지는 걸까

나의 그 빈자리
무엇이 채워줄 수 있나
나의 맘을 채워줄
놀라운 비밀을 찾기 원하네

절대 사라지지 않는 만족함
그것을 찾아 살아간다면

온전한 마음 온전한 삶은
유일하신 그분으로만
채울 수 있기에

나의 그 빈자리
영원한 것으로 채우니
변하지 않을 사랑
완전하신 그 사랑 노래하네